Contes pour faire Peur

Édition originale publiée sous le titre *Twisted Fairy Tales*

Traduction : Marie-Paule Zierski

Dépôt légal : novembre 2013
ISBN : 978-2-35530-164-3

Imprimé à Chine

Contes pour faire Peur

Maura McHugh

Illustrations de

Jane Laurie

terres éditions

Sommaire

Blanche-Neige

« Annabel, je ne peux résister à poser mes lèvres sur votre peau fraîche, rose et parfumée comme une pomme au printemps », murmura le roi tout en déshabillant son épouse, éclatante de beauté, au soir de la nuit de noces. L'émerveillement et la vénération qu'elle pouvait lire chez le roi Robert la rassurèrent. Depuis leur rencontre, elle n'avait eu de cesse de lui témoigner son affection afin de devenir sa femme, car la concurrence avec les autres dames de la cour était rude. Le prêtre avait scellé leur union, les festivités étaient terminées, elle pouvait désormais se détendre et savourer sa récompense.

« Nous ferons les plus beaux enfants du royaume », ajouta le roi, tout en faisant glisser son caraco en soie d'araignée, découvrant sa poitrine. Elle se raidit.

Annabel était de nouveau enceinte. Son cœur risquait d'exploser chaque fois que le bébé se retournait dans son ventre. Vivrait-il ? Deux autres enfants étaient nés, deux garçons aux cheveux noirs, mais aucun n'avait survécu : l'un était mort-né, l'autre n'avait vécu qu'une nuit.

Tout le monde chuchotait autour d'elle, et Robert lui avait intimé l'ordre de demeurer au château, malgré la chaleur étouffante de l'été. Annabel se tenait assise dans ses appartements, triste et dégoulinante de sueur, tenant le miroir magique que lui avait offert sa mère alors qu'elle avait treize ans. La mère d'Annabel l'avait préparée au mariage dès l'instant où l'éclatante beauté de sa fille avait laissé entrevoir toutes les promesses possibles. Elle reçut mille soins et lotions pour la peau, ainsi que des cours d'élocution et de maintien. Elle n'ignorait plus rien de l'étiquette à la cour, des devoirs et des obligations. Chaque soir, elle se couchait avec une seule idée en tête : comment présenter la meilleure image possible d'une jeune femme pure ayant juste assez d'esprit pour plaire à un prétendant sans paraître indomptable.

Ces derniers temps, Annabel avait remarqué les regards des autres femmes sur son époux. Tant qu'elle n'aurait pas d'héritier, elle ne serait pas en sûreté. Elle continuait à veiller sur sa beauté, et le roi restait sous le charme. Mais cela ne durerait pas éternellement.

Elle regarda le miroir dans sa main. Il était sculpté en ébène et sa poignée imitait une branche d'aubépine couverte de fleurs. Ce n'est qu'en le scrutant de près que l'on découvrait des visages complices et sournois parmi les fleurs. La mère d'Annabel, qui connaissait moult formules magiques et sortilèges, les lui avait appris. « Les femmes de notre lignée savent forcer le destin », lui avait confié sa mère.

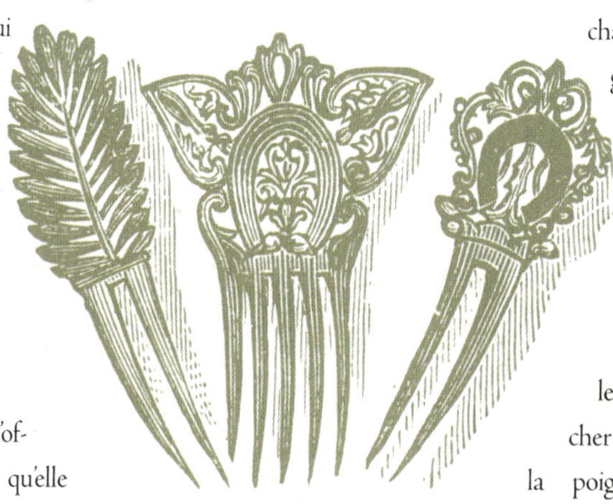

D'un geste soudain et déterminé, Annabel s'empara du peigne d'argent sur sa coiffeuse et le planta dans la paume de sa main. Des perles de sang rubis jaillirent de sa peau blanche.

Elle les fit couler en geste d'offrande sur la surface du miroir qu'elle souleva de sa main endolorie. Elle sentit frémir les fleurs sur la poignée et perçut le murmure paisible des voix de ses habitants. Elle s'exclama alors :

« Miroir, miroir, ne me mens pas,

Dis-moi si mon enfant vivra ! »

Le sang recouvrit le verre d'une fine surface rouge où frémissaient des visages et des bouches minuscules, qui finirent par s'élever dans un chœur de voix aiguës :

« Votre enfant sera en bonne santé,

Votre époux aimant et fidèle. »

Annabel poussa un long soupir. Elle pouvait enfin dormir tranquille. Mais le miroir s'agita dans sa main, comme s'il avait entendu ses pensées.

« Méfiez-vous, jolie reine, la plus belle de toutes,

Votre règne prendra fin avec le déclin de votre beauté. »

Le bébé lui donna et coup de pied puis vint au monde.

« C'est la plus jolie petite fille que j'ai jamais vue ! » s'écria Robert fou de joie, berçant le bébé tendrement dans ses bras. « Elle ne pleure même pas. C'est déjà une dame. »

Il se tenait près de la fenêtre de la chambre, le pâle soleil d'hiver baignant les traits de sa fille. Épuisée, Annabel reposait sur son lit.

L'accouchement avait été éprouvant. Ayant surpris à un moment l'effroyable pronostic des sages-femmes, elle leur avait ordonné d'aller chercher son miroir. Elle n'en lâcha pas la poignée, hurlant son mépris lorsqu'elle sentit l'ombre de la mort planer sur elle. Le miroir ouvrit la voie, permettant au bébé de venir au monde et à Annabel d'y demeurer.

La reine observait les sages-femmes entourer Robert et l'enfant comme des poules qui s'agitent.

« Son nom… » murmura-t-elle, ayant du mal à exprimer un son, la voix rauque à force d'avoir crié.

Robert regarda par la fenêtre le paysage d'hiver emmitouflé par les premières chutes de neige.

« Blanche-Neige », déclara-t-il, tandis que les femmes applaudissaient en signe d'approbation. « Hâtez-vous d'annoncer que la princesse Blanche-Neige est née. »

La reine se plia à ses arguments ; elle se rappela le sang sur sa couche et à la surface du miroir, et ne dit rien.

Une sage-femme s'affairait auprès d'elle, lui rafraîchissant le front à l'aide d'un tissu mouillé. « Reposez-vous, ma reine, lui dit-elle. Vous avez besoin de reprendre des forces. Vous avez l'air si fatigué. »

Pour la première fois, Annabel remarqua les joues fraîches et rebondies de cette jolie femme, ainsi que les boucles de ses cheveux châtains.

Elle se redressa, serrant les dents de douleur. « Allez chercher ma femme de chambre, ordonna-t-elle. Je me dois d'être présentable pour ma fille. » Le roi sourit à sa reine, approuvant de la tête.

Aucun autre enfant ne naquit. La naissance de Blanche-Neige avait rendu les choses impossibles. Robert n'y accordait aucune importance, tant il adorait sa fille et la chérissait comme son héritière — lui enseignant même des choses qu'Annabel considérait inappropriées pour une fille. Il la gâtait, et Annabel se rendait compte qu'il détournait l'enfant de sa mère.

Blanche-Neige ne voulait pas demeurer assise près d'Annabel à écouter des histoires d'amour courtois tandis que sa mère brossait ses cheveux noirs. Elle se trémoussait d'impatience et roulait des yeux tandis que la reine lui enseignait l'art chevaleresque et les bonnes manières. Elle se plaignait d'être obligée de porter des robes trop habillées ou des chaussures qui lui pinçaient les pieds. Elle aimait se précipiter dans les couloirs, ses beaux cheveux volant derrière elle, et livrer des combats imaginaires avec les bêtes sauvages représentées sur les tapisseries.

Pire encore, son père prenait souvent part à ces exhibitions sauvages. Ils riaient tous deux d'un bon rire franc et naturel. Ils parlaient avec une franchise désarmante, même s'ils s'exprimaient parfois avec impulsivité ou avec une excessive dureté. Pourtant, tout le monde reconnaissait que Blanche-Neige avait hérité de la beauté de sa mère, et heureusement pas du nez crochu de son père.

Elle aimait livrer des combats imaginaires avec les bêtes sauvages représentées sur les tapisseries.

Au bout d'un certain temps, Annabel cessa d'essayer de partager avec sa fille ses centres intérêts. Elle se concentra sur son statut de bonne épouse et de reine respectable. Elle brodait avec ses servantes, faisait sécher des fleurs sauvages, présidait à la marche du palais, et organisait des banquets pour les dignitaires en visite.

Les talents d'Annabel pour organiser de fastueux bals étaient devenus légendaires, et tout le monde se pressait pour figurer parmi la liste des invités. Toujours vêtue de la plus belle robe, elle éclipsait toutes les autres femmes. Celles-ci auraient voulu être à sa place, et les hommes la désiraient. Annabel restait fidèle à Robert, mais avec une certaine distance, consciente qu'elle avait été supplantée dans son affection.

De temps en temps, Blanche-Neige accordait à Annabel un peu de son attention. Malgré elle, la reine implorait ces moments. Pour le seizième anniversaire de

Blanche-Neige, elle organisa une série de manifestations dont les préparatifs durèrent trois mois : des traîneaux couverts de peaux de loups pour inviter les convives à une partie de patinage sur le lac royal, des feux d'artifice pour les accueillir au château, et plus tard, une fête fastueuse et des réjouissances suivies d'un bal dans des salles parées d'or et de cristal.

Blanche-Neige autorisa sa mère à choisir sa robe. Pour une fois, Blanche-Neige supporta les longues séances d'essayage sans pleurnicher ni se lamenter. Elle posa des questions sur les invités, et Annabel l'abreuva bien volontiers d'histoires sur les familles royales qui se réuniraient dans leur maison.

Le cœur de la reine se réchauffa envers Blanche-Neige. Sa fille avait peut-être grandi et fini par comprendre ses futures fonctions.

> La reine réveilla son cuisinier, prétextant qu'elle avait une envie soudaine d'abats cuits à point.

L'anniversaire de Blanche-Neige fut un enchantement. Lorsque la princesse arriva au bal, coiffée et somptueusement vêtue, toutes les conversations cessèrent. Sa robe de satin blanc, de dentelle, de perles et de broderies était éblouissante. Elle était le premier perce-neige, le messager du printemps, malgré la persistance de l'hiver. Ses cheveux brillants dénoués, noir corbeau, coulaient le long de son cou pâle, et elle portait une couronne de diamants. Annabel débordait de fierté face à son œuvre lorsque sa fille prit la main de son père et glissa sur le parquet de la salle de bal pour ouvrir la danse.

« Elle est à couper le souffle », entendit la reine tandis que la musique enflait et que son époux et sa fille dansaient devant des visages admiratifs. Mais le sourire sur le visage d'Annabel se figea lorsqu'elle entendit cette réponse sarcastique : « Peut-être la reine Annabel va-t-elle commencer à porter des tenues de son âge. Elle n'a plus vingt et un ans.
— Ni même trente et un », ricana un autre. Annabel quitta la salle de bal, la lumière et les rires. Elle se retira dans sa chambre et prit le miroir dans sa main ensanglantée.

« Miroir, mon beau miroir,
Qui est la plus belle du pays ? »

Dans sa main, des voix murmurèrent :

« Il est vrai que tu es belle,
Mais Blanche-Neige est désormais plus belle encore ».

Annabel resta dans sa chambre pour le reste de la nuit, parlant avec son miroir, sans que personne ne remarquât qu'elle était absente de la fête.

Tout plaisir exige un sacrifice. « Plus le trophée est beau, plus le prix à payer est élevé », avait coutume de dire la mère d'Annabel. Afin de gagner la beauté éternelle et de pouvoir régner à jamais, la reine exigea le cœur et le foie de sa fille unique.

Annabel était consciente de l'effet qu'elle produisait sur les hommes. Elle avait appris à les manipuler dès son plus jeune âge. La flatterie, le badinage, la cruauté et la corruption étaient autant de méthodes éprouvées. « La meilleure façon de contrôler les hommes est de flatter leur orgueil ou de jouer sur leur cupidité, lui avait dit une fois sa mère. Ou de les piéger par amour, si tu as de la chance », avait-elle ajouté.

Annabel prit donc la peine de se renseigner sur le chasseur avant de le rencontrer. Il était jeune, séduisant, et venait d'avoir un bébé. Il aimait aussi boire et pariait lorsqu'il était ivre. Ses débiteurs étaient légion.

Dans les bois enneigés, par une nuit sans lune, Annabel offrit au chasseur assez d'argent pour résoudre tous ses problèmes en échange de la vie de Blanche-Neige. Elle le charma et l'amadoua en lui montrant l'or, tant et si bien qu'il ne fit plus la différence entre le bien et le mal et qu'il accepta la tâche.

Cette nuit-là, il enleva Blanche-Neige de son lit et partit avec elle à travers bois jusqu'à ce que les arbres fussent si épais qu'il dût mettre pied à terre et trouver un chemin sûr dans une clairière au cœur de la forêt.

Blanche-Neige n'implora ni ne supplia. Elle ne portait ni manteau ni chaussures, pourtant elle ne tremblait pas. Le reflet des étoiles brillait sur ses cheveux noirs, comme si celles-ci étaient enfouies parmi ses tresses. Elle se tenait droite, les mains liées devant elle, et plongea son regard dans les yeux du chasseur. Elle possédait la beauté glaciale et surnaturelle des esprits de la forêt, comme dans les histoires avec lesquelles il avait grandi. Il secoua la tête, craignant qu'elle ne lui jetât un sort, et tout près, une créature poussa un cri ; dans son esprit, c'était le cri de son enfant seul à la maison.

Il la repoussa. « Allez-vous-en ! Et ne revenez jamais. Votre mère veut votre mort. »

Son expression lui rappela une biche frappée d'une flèche dans le cœur. Le chasseur se retourna pour échapper à son regard.

Lorsque le chasseur déposa le sac qui contenait le foie et le cœur d'un sanglier devant la reine, il déclara avec certitude que Blanche-Neige était morte — après tout, aucune fille dévêtue ne pouvait survivre dans la profondeur des bois piégée par cet hiver meurtrier.

La reine réveilla son cuisinier, prétextant qu'elle avait une envie soudaine d'abats cuits à point. Tandis que le soleil se levait, elle coupa des morceaux de cœur et de foie tout en imaginant la beauté de sa fille imprégner son visage et son corps. Elle sourit, ses dents teintées de rouge.

Lorsqu'on alerta le roi et de la reine de la disparition de leur fille, Annabel laissa éclater sa douleur. Le roi Robert s'élança à la recherche de Blanche-Neige. On mobilisa des armées et des villages, mais la jeune fille s'était volatilisée. La reine passait beaucoup de son temps dans ses appartements privés, et plusieurs de ses serviteurs rapportèrent qu'ils l'entendaient parler dans le vide.

« Elle est folle de chagrin », pensaient-ils, ce qui d'une manière les rassurait, car cela semblait une réaction normale face à la disparition d'un enfant aimé.

Plus le roi s'éloignait, plus la reine endossait ses responsabilités. Elle comprenait l'importance du budget et de l'organisation, et pourtant, ses conseillers la trouvaient parfois étrange. Elle se mit à porter un petit miroir, accroché à un cordon de soie écarlate, autour de la taille. Parfois, elle s'y mirait, tandis que ses conseillers lui rendaient compte des affaires du pays. Quand elle tournait le regard vers eux, ils reculaient d'effroi. Elle posait toujours une question pertinente qui débouchait toujours sur une solution au problème qui les préoccupait. Les conseillers n'aimaient pas sa manière de gouverner, sans qu'ils ne pussent dire pourquoi.

> Madame la Reine, aussi vrai que vous êtes veuve, vous êtes belle, mais Blanche-Neige est encore plus belle que vous.

Parmi les problèmes les plus urgents du royaume, une bande de bandits de grand chemin qui vivait dans les bois, terrorisait les passants sur la route du roi en lisière de la forêt. Ils étaient intelligents et dangereux, et des chansons et des histoires circulaient depuis longtemps à leur sujet. La reine ordonna à son armée de les anéantir, mais ces hors-la-loi connaissaient mieux la forêt que les soldats.

Ils réussirent finalement à capturer l'un des voleurs qui fut conduit au cachot pour y être interrogé sous la torture.

« Nous le faisons pour elle, dit-il dans son délire tandis qu'on lui brisait les doigts et qu'on lui allongeait les membres. Elle est la plus belle de toutes. »

Troublée par ces mots, la reine consulta son miroir. Celui-ci répondit :

« Madame la Reine, aussi vrai que vous êtes veuve,

Vous êtes belle, mais Blanche-Neige est encore plus belle que vous ».

Sa respiration se bloqua dans sa gorge — « Aussi vrai que je suis veuve ? »

Cet après-midi-là, on ramena le corps de son époux. Il était mort dans sa tente la nuit précédente, toujours à la recherche de sa fille disparue.

Le peuple faisait courir le bruit d'une malédiction, et les seigneurs commencèrent à désobéir. La reine Annabel travaillait dur pour garder le contrôle de son royaume, mais sans mari et sans héritier, les territoires voisins considéraient que son pays était faible et sans défense.

Cette nuit-là, elle discuta de ses projets avec le miroir. Comme il exigeait maintenant plus de sang que ce qu'elle pouvait lui offrir, elle entreprit un affreux travail : lui offrir le sang des autres. « Le sacrifice est nécessaire », se répétait Annabel tout en tranchant la gorge d'une de ses aides cuisinières — elle ne manquerait à personne — tout le monde supposerait qu'elle s'était s'enfuie avec un jeune prétendant.

Annabel endossa une grande cape apparue grâce à une formule magique du miroir. Elle avait désormais l'apparence d'une vieille femme — la transformation était si troublante que son visage prit une expression de dégoût. C'est ce qui l'attendait si elle ne tuait pas Blanche-Neige.

Elle plongea la moitié d'une pomme dans du poison et se glissa hors du château par un passage secret connu d'elle seule. Puis elle s'enfonça dans les bois, son panier d'osier rempli de pommes, et monta dans la charrette d'un meunier qui transportait des sacs de farine à la ville. Elle était assise à l'arrière, balançant les jambes au gré des secousses de la charrette et des imperfections de la route. Elle se sentait étrangement heureuse. Arrivée au bon endroit, Annabel sauta de la charrette et trouva son chemin à travers la forêt, comme le lui avait expliqué le miroir. Cachée dans un épais bosquet d'arbres, elle découvrit la maison délabrée, sa cheminée crachant de la fumée, et elle entendit un chant s'élever.

C'était Blanche-Neige qui balayait la maison, l'odeur du pain cuit se répandait dans l'air. Des chemises d'homme séchaient sur une corde à linge. Tout ce que le miroir avait prédit était vrai : Blanche-Neige était seule.

Annabel plissa les yeux, comme si elle était myope, voûta son dos, et boitilla vers Blanche-Neige.

« Bonjour, Madame, dit Blanche-Neige en essuyant la poussière sur sa joue. Je ne vois pas beaucoup de voyageurs par ici.

– Je rends visite à mes fils qui coupent du bois, et j'ai vu de la fumée qui s'élevait de votre maison, répondit Annabel en s'approchant de Blanche-Neige afin de pouvoir bien regarder sa fille — le changement de circonstances n'avait pas affecté sa beauté. – Voudriez-vous m'acheter quelques pommes, mon enfant ? », lui demanda Annabel d'une voix déformée par l'âge.

Blanche-Neige pencha la tête pour évaluer le panier de pommes. Ce geste était familier pour Annabel, car Robert l'avait fait des centaines de fois. Pendant un instant, sa détermination vacilla. Puis les douleurs de son vieux corps affaibli l'assaillirent de nouveau, et elle se rappela son but.

Annabel saisit la pomme la plus brillante et la plus accueillante du lot. « Partageons-en une afin de vous convaincre d'en acheter. » Elle tira une dague et coupa habilement la pomme en deux, puis offrit une tranche à Blanche-Neige. Elle mordit immédiatement dans l'autre morceau, en savourant le jus sucré. Blanche-Neige croqua dans la pomme ; à ce même moment, elle reconnut sa mère. Ses yeux s'écarquillèrent sous le choc, mais un voile les recouvrit au fur et à mesure que les effets du poison la gagnaient. Elle tomba sur le sol dans un bruit sourd.

Aucun doute n'était possible : elle était morte.

Au fond de son cœur, Annabel ressentit une terrible déchirure suivie d'un grand vide. Elle leva son poignard. Maintenant, pour la boucherie…

Au loin, des voix graves retentissaient en chanson.

Tout en jurant, Annabel se retira, sachant qu'elle ne pourrait prélever le sang de sa fille et s'enfuir avant l'arrivée des hommes. Il lui faudrait trouver un autre moyen pour garder sa beauté intacte et stopper son déclin. Mais au moins, Blanche-Neige était morte, et Annabel pourrait régner sans souci.

Pour Annabel, rien n'était acquis, mais le miroir confirma que Blanche-Neige n'était plus de ce monde. Les années passèrent et la reine entendit parler d'un sanctuaire dans la forêt, dans lequel une jeune fille morte, enfermée dans un cercueil de cristal, était restée intacte comme par miracle. Le cercueil de verre se trouvant au cœur de la terre des hors-la-loi, peu allaient le visiter au risque de se faire dépouiller. Cela conférait à cette histoire encore plus d'attrait et de mystère. Les gentilshommes du royaume se lançaient dans cette aventure téméraire et partaient à la recherche de la jeune fille morte. Beaucoup d'entre eux revenaient après s'être fait détrousser et humilier. Pourtant, cela ne les dissuadait pas.

La reine procédait à différents sacrifices pour garder son éclat. Ils exigeaient tous du sang. En plus de ses secrets de beauté, il fallait procéder chaque mois au sacrifice d'un garçon ou d'une fille vierge lors d'une nuit sans lune. L'écoulement constant de son propre sang alimentait les sortilèges qui permettaient à la reine de surveiller les membres de son conseil et de garantir de bonnes relations avec les pays voisins.

Au début, elle trouvait les meurtres difficiles et administrait à ses victimes de puissants narcotiques pour s'assurer leur soumission. À mesure que le temps passait, elle s'aperçut que la lutte que ses proies menaient pour rester en vie augmentait les pouvoirs magiques. Pour finir, elle attendait avec impatience la nouvelle lune, lorsqu'elle pouvait enfiler ses robes noires et entendre la jeune victime implorer sa miséricorde.

Le château devint peu à peu silencieux et lugubre. Annabel avait peu de temps pour organiser des banquets, mais les quelques-uns qu'elle mettait en scène étaient des événements macabres, avec des animations malsaines et des décors repoussants. Personne ne voulait être convié. Elle était entourée d'une aura d'effroi, et ceux qui parlaient ouvertement de son effrayante réputation avaient tendance à succomber à un mal mystérieux.

Un jour, parmi plusieurs messages, la reine Annabel reçut une invitation pour assister au mariage d'un certain prince Rupert avec une jeune princesse, nommée Blanche-Neige, dans un pays lointain. Annabel se précipita hors de la chambre du conseil, et prit son miroir dans sa chambre. Voici l'histoire qu'il lui conta :

« Sombre reine, par un mystérieux hoquet, la pomme fut expulsée et Blanche-Neige se réveilla ». Furieuse, Annabel jeta le miroir contre le mur et il se brisa en mille morceaux.

Des hurlements de triomphe résonnèrent dans sa chambre, et un tourbillon d'esprits invisibles l'assaillit. Des doigts invisibles ratissèrent ses cheveux et tirèrent.

« En nous libérant du royaume du miroir
Vous ne serez plus rien sans notre sagesse. »

Ils riaient et gloussaient, hurlaient et gémissaient, giflant son visage, prononçant des chants de mort et la torturant toute la nuit.

Après le mariage du prince Rupert et de la princesse Blanche-Neige, les invités des royaumes lointains se réunirent pour un banquet. Blanche-Neige portait une robe simple et élégante, avec une couronne de marguerites et des fleurs sauvages dans les cheveux, tandis que le prince arborait son uniforme rouge et or de fringant soldat. Une compagnie d'hommes plutôt rudes et grossiers occupait une table à l'arrière, mais personne ne critiqua leurs chansons paillardes et leur voracité. Au lieu de cela, la princesse riait et plaisantait avec eux, levant un verre en leur honneur. Plusieurs des convives les plus raffinés reniflaient d'un air dégoûté ou levaient leurs sourcils bien épilés face à ce comportement. Certains marmonnaient que le prince Rupert aurait un jour des problèmes avec le franc-parler de son épouse.

Après le repas, les invités royaux firent la queue pour présenter leurs respects à l'heureux couple et lui offrir des présents. Alors que leur nombre diminuait, un attelage s'arrêta et un dernier invité en descendit.

La reine Annabel avait conservé sa beauté malgré les marques sur son visage, sa perruque ébouriffée et sa robe mal ajustée, mais elle semblait distraite et son regard décochait des flèches. Une ou deux fois, elle siffla quelque chose que personne d'autre ne put discerner, et giflait l'air comme pour chasser des mouches.

Lorsqu'elle se planta devant Blanche-Neige et son époux, il régna un long silence glacial. Blanche-Neige serrait si fort la main de son mari que ses doigts étaient blancs. Il regarda sa belle-mère avec une expression impitoyable.

« Je vous ai apporté un cadeau », dit Annabel.

L'assemblée, étouffée par la tension, se pencha en avant.

Annabel sourit d'un étrange sourire en biais. « Venge-toi », et elle baissa la tête comme pour offrir son cou, tout en continuant à fixer le couple de son air maniaque.

« Emparez-vous d'elle, hurla le prince, et les gardes se précipitèrent pour saisir Annabel. Nous allons la faire danser pour nous le jour de notre mariage », déclara Rupert.

Le forgeron ne tarda pas à entrer dans la salle, tenant des fers chauffés au rouge par de longues pinces. Personne n'avait subi cette punition depuis des siècles.

On les porta devant Annabel. Deux gardes lui saisirent les bras et la soulevèrent tandis qu'un serviteur lui retirait ses chaussures. Ils la firent descendre lentement sur les fers brûlants.

Annabel hurla. Ses cris d'agonie résonnaient dans toute la salle de mariage. Elle avança en clopinant et jeta les bras au-dessus de sa tête avant de se traîner vers le prince et la princesse dans la pire des parodies d'une danse de fête.

Pendant tout ce temps, la chaleur des fers remontait le long de ses jambes et se répandait dans son corps ensorcelé par la magie. Des traînées de fumée noire s'élevèrent de la robe d'Annabel et de sa perruque déséquilibrée. Elle poussa un cri et tournoya devant l'assemblée royale.

Les invités se masquèrent la bouche et se bouchèrent

La reine procédait à différents sacrifices pour garder son éclat. Ils exigeaient tous du sang.

le nez, tentant d'échapper à la puanteur qui émanait de la chair cuite, puis détournèrent les yeux. Pas même le prince Rupert n'eut le cœur d'assister à l'affreux spectacle de la sorcière en flammes qui se consumait en dansant vers eux dans un bruit de pas métallique.

Mais Blanche-Neige et Annabel ne pouvaient détacher leur regard l'une de l'autre tout au long de cette épreuve.

Enfin, Annabel tomba sur les marches devant le trône de sa fille. Elle tendit un bras calciné pour toucher la chaussure de Blanche-Neige, mais celle-ci recula légèrement afin d'éviter son contact.

Les dernières paroles d'Annabel furent couvertes par les cendres : « Tu es la fille de ta mère. »

Dans un geste rapide et fatal, Blanche-Neige tira l'épée de son mari et transperça la gorge de sa mère, mettant fin à ses cris et à sa douleur.

« Au moins, j'ai pitié de toi, » dit-elle.

Blanche-Neige détourna enfin son visage, cette fois pour cacher une larme qui roulait sur sa joue gracieuse.

La Flûte en Os

Il y a fort longtemps, dans un lointain royaume, une reine régnait sur son peuple. Des années plus tôt, son époux était mort lors d'une bataille dans un royaume étranger, la laissant seule pour diriger le pays et élever leurs jumeaux, Arthur et Blanche. En dépit de ses craintes et de la méfiance de son gouvernement, la reine s'avéra être un chef avisé et un fin stratège.

Ses enfants recevaient une bonne éducation, profitaient des meilleurs divertissements et étaient vêtus des plus beaux habits, même s'ils ne voyaient pas souvent leur mère car la reine devait travailler très dur.

Un jour, peu après leur treizième anniversaire, les jumeaux commencèrent à se disputer pour savoir qui hériterait de la position de leur mère.

« C'est moi, bien sûr », affirma Arthur, relevant le menton d'un air suffisant.

Ils étaient assis à la grande table en chêne dans la petite salle à manger, en attendant que leur mère les rejoignît pour le souper.

« Et pourquoi en es-tu si sûr ? demanda Blanche, en fixant son frère. Je suis née avant toi. – Seulement deux minutes plus tôt, dit-il d'un ton véhément. Le fait que Blanche fût née avant lui avait toujours été un point de discorde entre eux.

– Je suis née la première.

Arthur balaya son argument d'un revers de la main. – Cela ne fera aucune différence. Je vais être roi.

– Que se passe-t-il ? On songe déjà à me remplacer ? »

Tandis qu'ils se disputaient, leur mère était entrée dans la pièce sans qu'ils s'en aperçussent. Les enfants se levèrent poliment, et attendirent qu'elle prît sa place au bout de la table avant de se rasseoir. Ils commencèrent à manger leur sanglier rôti accompagné de pommes de terre, en silence. Arthur prit finalement la parole. « Mère, dites à Blanche que je serai roi lorsque vous mourrez.

– Je n'ai pas décidé qui régnera après moi, répondit gravement la reine qui but une gorgée de vin. Et j'espère ne pas devoir prendre cette décision avant longtemps.

Arthur transperça une prune de son poignard. – À votre mort, le conseil me nommera roi, déclara-t-il en toute confiance. »

La reine considéra son fils et comprit qu'il disait la vérité. D'autres qu'elle décideraient si elle n'avait pas fait son choix puisque, comme elle l'avait appris, la mort arrivait parfois sans crier gare. Elle regarda les jumeaux pendant le reste du repas. Tous deux disposaient de qualités intéressantes. Arthur avait hérité de la beauté de son père, et d'elle, son caractère facile, tandis que Blanche avait les traits sombres de la reine et le calme de son père. La reine ne pouvait pas choisir entre les deux.

Le lendemain, elle convoqua ses enfants dans son cabinet de travail. Ils observèrent en détail ce lieu empli de cartes et de livres, car ils n'avaient jamais été autorisés à y pénétrer. La reine était assise dans un grand fauteuil aux accoudoirs sculptés de dragons. Ses yeux étaient cernés, comme si elle n'avait pas bien dormi.

« Tu avais raison, Arthur, dit-elle. Je dois décider qui régnera à ma mort. Il faut apprendre beaucoup de choses pour gouverner un pays, et vous êtes assez grands pour assumer certaines fonctions. » Arthur et Blanche se redressèrent, observant chacun l'autre du coin de l'œil. « Je vais vous confier une mission. Il existe une fleur rare qui fleurit à cette époque de l'année et qui se nomme Beauté Royale. Le premier d'entre vous qui trouvera cette fleur et me l'apportera gouvernera lorsque mon règne prendra fin. »

Les enfants bombardèrent leur mère de questions, mais elle refusa de leur en dire plus. « Allez, maintenant », se contenta-t-elle de dire. Ils ne l'avaient pas vu avec un regard si triste, ou si grave, depuis l'annonce de la mort de leur père.

Il existe une fleur rare qui fleurit à cette époque de l'année et qui se nomme Beauté Royale.

Arthur sortit de la salle en courant et se dirigea vers la vaste bibliothèque du château. Il savait qu'elle possédait un rayon de botanique, et il était convaincu que l'un des grands manuscrits illustrés allait lui montrer à quoi ressemblait la fleur et où la trouver. Il poussa des chaises contre les portes de la bibliothèque afin que sa sœur ne pût pas entrer.

Blanche retourna dans sa chambre, enfila des vêtements robustes et son manteau le plus chaud, puis descendit dans les jardins. Elle avait un vague souvenir d'être venue là avec son père qui lui avait raconté que le vieil Henri, le jardinier en chef, était la personne qui, dans tout le pays, était la plus érudite en matière de plantes. Elle trouva le jardinier en train de désherber les carottes et l'interrogea sur la Beauté Royale.

Il gratta son gros nez rouge et hocha la tête. « Oui, je connais cette fleur. Elle est petite, avec cinq pétales écarlates et une tige verte et piquante. » Il lui apprit qu'elle fleurissait le matin et lui décrivit le sol dans lequel elle poussait. Il lui révéla même où il l'avait vu fleurir la dernière fois.

Blanche se rendit dans la cuisine, emballa de la nourriture, et partit pour les écuries. Elle ne dit rien à personne de sa mission.

Dans la bibliothèque, Arthur n'eut pas beaucoup de chance. Aimant davantage chasser que lire, il en eut rapidement assez de manipuler de grands ouvrages poussiéreux, dont beaucoup étaient illisibles ou écrits dans des langues étranges. Comme il ouvrait une fenêtre pour prendre une bouffée d'air pur, il aperçut sa sœur sur son cheval, quittant le château. Furieux de perdre l'avantage, il courut à l'écurie, mais personne ne put le renseigner sur la destination qu'elle avait prise. Cependant, comme c'était un cavalier émérite et un excellent poursuivant, il sella rapidement son cheval et partit à la poursuite de sa sœur.

Il fallut un certain temps à Arthur pour retrouver la trace de Blanche, mais il eut la chance d'interroger un moine itinérant qui l'avait vue prendre un petit chemin qui s'écartait de la route de la reine. Une fois qu'il se fut rapproché, il resta en arrière de sorte qu'elle ne sût pas qu'il la suivait.

Blanche avait installé son campement dans un petit bosquet d'arbres au sommet d'une haute butte. Il repéra son feu qui brillait au loin, mais il ne pouvait pas, pour sa part, en allumer un, de peur qu'elle ne le vît. Affamé, Arthur passa une nuit froide dans l'obscurité, écoutant le hululement des hiboux et le jappement des renards en espérant qu'il ne plût pas.

Dès que le ciel s'éclaira à l'aube, il se rapprocha du camp de sa sœur, en utilisant toutes les compétences qu'il avait apprises. Elle mangeait du pain et du fromage, et il avait peur que le grondement de son estomac le trahît. Blanche rangea ses affaires et se dirigea du côté de la colline qui faisait face au lever du soleil. Là, quelques petites fleurs rouges s'ouvraient pour saluer le soleil. Elle les cueillit toutes et les mit soigneusement dans une bourse qui pendait à sa ceinture autour de sa taille.

Trempé, affamé et fou de rage, Arthur s'aperçut qu'il ne pouvait pas battre sa sœur. Elle était sur le point de monter à cheval lorsqu'il intervint.

« Tu n'as laissé aucune fleur pour moi, dit-il en colère.

– Aurais-tu agi autrement ? rétorqua Blanche.

Il détestait le fait qu'elle le connût si bien. Il changea de ton pour se faire enjôleur. – S'il te plaît, Blanche, partageons-les. Nous demanderons à notre mère de partager le trône.

Pendant un moment, Blanche ne dit rien, mais regarda fixement son frère. Elle secoua la tête. – Non, tu ne serais pas satisfait de partager. Une fois que notre mère sera morte, tu essayeras de convaincre le conseil de te nommer roi. J'ai gagné le droit de gouverner. Mieux vaut que cela soit décidé maintenant que contesté plus tard. »

Arthur saisit les rênes du cheval de Blanche qui prit peur de la brutalité de son geste et recula.

« Je ne suis pas si retors ! cria-t-il.

– Ainsi, tu ne m'as pas suivie au lieu de découvrir comment trouver la fleur par toi-même ? »

Il la gifla. Il était partagé entre la rage et la culpabilité, mais il remarqua aussi pour la première fois la froideur dans son expression, le glissement de ses pieds et le tremblement de sa main sur son poignard.

« Donne-moi la bourse ! » ordonna-t-il tout en fondant sur elle, espérant s'en emparer avant qu'elle ne dégainât son arme.

Le cheval hennit bruyamment et s'éloigna des enfants. Rapide comme l'éclair, Blanche avait sorti son poignard et l'agitait vers lui.

« Ne t'approche pas », menaça-t-elle tout en reculant vers son cheval.

Blanche trébucha sur une touffe d'herbe et Arthur vit sa chance. Il plongea sur elle et la fit tomber par terre. Elle poussa un cri aigu et perçant. Il se leva, effaré, et vit la poignée de la dague enfoncée dans la poitrine de sa sœur. Blanche était couchée et tremblait. Des bulles de sang jaillissaient lorsqu'elle ouvrait la bouche. « Arthur, dit-elle haletante, au secours ! » Elle avait l'air de se noyer.

Mais Arthur ne fit rien. Au lieu de cela, il attendit, regardant le tremblement diminuer et la peau de Blanche prendre l'éclat du marbre. Finalement, elle s'immobilisa comme une statue dans l'herbe. Ses yeux grand ouverts reflétaient le ciel au-dessus d'eux. Arthur prit la bourse de fleurs du cadavre de sa sœur, et ensevelit le corps.

Il rentra chez lui avec son trophée, et sa mère le proclama vainqueur. Ils attendirent le retour de Blanche, mais malgré de nombreuses recherches, on ne la retrouva jamais. La reine ne se pardonna jamais d'avoir mis sa fille en danger. Arthur devint sombre et mélancolique. Tout le monde disait que la disparition de sa sœur l'avait changé en une personne froide et sans cœur.

Plusieurs années plus tard, un jeune berger qui cherchait une brebis égarée, se dirigea vers la tombe anonyme de Blanche et vit un os qui sortait de terre. Il le ramassa et sculpta des trous dans l'os, dans l'idée de jouer quelques notes les jours et les nuits de solitude où il garderait ses brebis.

Lorsque le berger souffla dans sa flûte en os, il entendit le chant triste d'une jeune fille. Surpris, il continua de jouer et la voix de Blanche s'éleva, racontant la trahison de son frère. La douleur dans sa voix fit pleurer le garçon.

Il n'avait jamais parlé à personne de la voix qui sortait de l'instrument qu'il avait fabriqué jusqu'à ce qu'un jour, alors qu'il jouait de la flûte, un chevalier de la cour de la reine passât par là. Le chevalier reconnut la voix et se précipita vers le garçon, s'attendant à trouver la princesse disparue. Ce ne fut que lorsque le chevalier joua lui-même de la flûte en os, et qu'il entendit chanter la voix de Blanche, qu'il crut l'histoire du berger.

Le chevalier retourna promptement au château et demanda audience à la reine. Devant la reine et Arthur, il souffla dans la flûte, et la voix de Blanche chanta, racontant qu'elle avait péri de la main de son frère.

Lorsque la reine, en état de choc, se retourna pour interroger son fils, la peur et la honte gravées sur son visage parlèrent d'elles-mêmes. Elle ne put se résoudre à le tuer. Au lieu de cela, Arthur fut emmuré dans des appartements du château. On lui faisait passer ses repas à travers une petite ouverture trois fois par jour. La reine ordonna que le berger s'installât chaque soir devant les appartements d'Arthur et jouât de la flûte en os.

On raconte que la flûte ne chantait pas pour le prince. Au lieu de cela, elle poussait un cri aigu et perçant.

Raiponce

Rose et Charles habitaient la maison voisine de la sorcière du village, la vieille Mélanie, ce qui était à la fois un bien et un mal. Après avoir passé des années à essayer d'avoir un enfant, le jeune couple demanda de l'aide à la vieille Mélanie. Elle fournit à Rose des potions et des conseils pour lui permettre de concevoir, et le couple en fut ravi et reconnaissant. Cependant, la vieille femme avait un tempérament vif et s'offensait facilement. Si l'un des villageois l'agaçait, le malheureux ne tardait pas à développer une maladie, qui ne guérissait que grâce un traitement coûteux qu'elle dispensait dans sa maison située dans un jardin clos de murs. « La vieille Mélanie fait toujours son prix », disaient-ils.

Plus le ventre de Rose s'arrondissait, plus elle était prise d'envies. Charles s'efforçait de satisfaire ses besoins. Un jour, Rose eut envie de manger une salade rare appelée raiponce, mais personne dans le village ne put lui en donner. Rose se lamentait. Le lendemain matin, tandis que Charles déplaçait des pierres sur un petit monticule à l'arrière de leur maison, il aperçut des raiponces dans le jardin de la vieille Mélanie.

La nuit venue, il se laissa glisser le long du mur et coupa quelques pieds de raiponce, en veillant à ce qu'on ne le remarque point. Le plaisir que prenait Rose à manger la salade surmonta sa peur après avoir volé la vieille Mélanie. Mais le lendemain, Rose avait encore plus envie de raiponce, et Charles ne pouvait pas supporter sa souffrance. De nouveau, il se glissa dans le jardin de la sorcière et se servit. Rose rayonnait de satisfaction, et les scrupules de Charles s'évanouirent.

Une autre nuit vint, la lune était grosse et brillante, et une fois encore Rose insista pour manger des pousses de raiponce. « Une dernière fois », le supplia-t-elle, et Charles ne put refuser son souhait. Il escalada le mur et se glissa dans le carré de raiponces. Il était agenouillé dans le sol humide, son couteau à la main, lorsqu'une ombre parut sur son visage.

La vieille Mélanie se tenait devant lui, sa canne d'aubépine à la main, ses yeux noirs lançant des flammes.

« Votre enfant ne connaîtra jamais son père, car vous allez mourir pour m'avoir volée, proclama-t-elle.

Paralysé par la peur, Charles la regarda lever sa canne,

prête à lui jeter un sort.

– N'importe quoi ! Je vous donnerai n'importe quoi ! cria-t-il. De grâce, épargnez-moi.

La vieille Mélanie s'arrêta, et un regard malin tordit ses traits. – Votre enfant en échange de votre vie. »

Charles fut tout d'abord trop horrifié pour répondre, mais il n'eut ensuite d'autre choix que d'accepter le marché. La vieille femme aiderait Rose à mettre son enfant au monde et lui dirait que le bébé était mort.

« Ne soyez pas inquiet, vous en aurez un autre, promit-elle. Mais ne me croise jamais à nouveau. Son terrible regard le cloua sur place. Sinon, toute ta famille périra. »

Il advint que Rose eut un accouchement long et difficile, qui se solda par la mise au monde d'une fille mort-né. Le village entier commenta la chance que Rose avait eue d'avoir la vieille Mélanie à ses côtés, sans quoi elle serait sûrement morte. Après une période de deuil, Rose tomba de nouveau enceinte et donna naissance à des jumeaux en bonne santé.

En fait, la sorcière avait emmené le bébé dans une cabane au fin fond des bois, où elle exerçait sa magie. Elle nomma la fillette Raiponce, et entreprit d'enseigner à l'enfant les arts que sa propre mère lui avait enseignés. Dès son jeune âge, Raiponce savait chanter comme les oiseaux et comprenait leur langage. Elle avait un talent hors du commun pour reconnaître les plantes, et devint très habile pour composer des potions et mélanger des onguents selon les instructions de la vieille femme.

Les villageois remarquèrent qu'en vieillissant, les pouvoirs de la vieille Mélanie étaient plus puissants, car ses onguents et ses sorts étaient plus efficaces. Chaque fois qu'un de ses clients vantait l'une des potions de Raiponce, son cœur devenait plus froid envers la jeune fille.

Lorsque Raiponce atteignit l'âge de treize ans, elle était devenue une belle jeune fille. Elle était calme et respectueuse, car elle croyait que Mélanie était sa mère. Avec Raiponce, la cabane était propre et bien rangée, elle cuisinait et créait toutes sortes de préparations. Les oiseaux étaient ses amis, et ils chantaient toujours ensemble.

De retour à la cabane en fin d'après-midi, la vieille Mélanie surprit Raiponce en train de parler à un bûcheron, qui avait entendu sa chanson et avait été ébloui par sa beauté. Pour la première fois, la sorcière se rendit compte du problème : Raiponce était inestimable pour son entreprise, mais elle finirait par partir, de son propre chef ou avec un homme. Elle trouva immédiatement une solution.

La vieille Mélanie invita le bûcheron à prendre une tasse de thé qu'elle demanda à Raiponce de préparer. La jeune fille était tellement distraite par la nouveauté d'avoir de la compagnie, qu'elle ne vit pas la sorcière verser un élixir dans la boisson de l'homme.

Après quelques gorgées, il pâlit et s'effondra. Raiponce tenta de le ranimer, mais il était mort.

« Tu l'as tué ! » s'exclama la vieille Mélanie. Elle lui révéla qu'elle n'était pas la vraie mère de Raiponce, que Raiponce était l'enfant d'une méchante sorcière et qu'elle l'avait sauvée d'une bande qui avait tué sa mère. « Maintenant, ta vraie nature s'est manifestée », ajouta-t-elle méchamment.

Raiponce s'effondra en pleurant. « Vous devez me détruire pour ce que j'ai fait.

– Non, répondit la vieille Mélanie. Je vais te cacher à un endroit où tu ne pourras faire de mal à personne. »

La sorcière rassembla les quelques effets de Raiponce et l'emmena dans la partie la plus profonde et la plus sombre de la forêt, où régnaient des créatures féroces. Là se trouvait une grande tour de pierre, sans porte, avec seulement une petite fenêtre au troisième étage. La vieille femme mit une pommade sur son front, prononça une formule magique, et attrapa la jeune fille effrayée. Elles s'élevèrent dans les airs et entrèrent dans la tour.

« Tu seras ici en sûreté », dit la vieille Mélanie, puis laissa Raiponce seule.

Pendant des années, Raiponce vécut seule dans la tour. Après sa première visite, la sorcière peigna les cheveux blonds de Raiponce avec une huile spéciale. Ils poussèrent dès lors à un rythme surnaturel, et la vieille Mélanie les tressa en une corde solide. Au bout de quelques mois, ils mesuraient près de dix mètres. Lorsque la vieille femme lui rendait visite, elle se mettait sous la fenêtre et criait : « Raiponce, Raiponce, déroule ta tresse blonde », puis grimpait avec l'agilité d'un acrobate. Lorsque Raiponce demanda pourquoi la vieille Mélanie n'utilisait plus le tour de lévitation, elle répondait laconiquement : « Ne fais jamais voler un balai quand tu peux marcher. »

Au fil du temps, Raiponce en vint à connaître le moindre recoin de la tour comme sa poche. L'hiver, elle enroulait ses longs cheveux autour de son corps tremblant pour se tenir au chaud. Durant l'été, sa chevelure devenait un fardeau rêche. Raiponce faisait toujours le même cauchemar dans lesquels ses cheveux continuaient de pousser jusqu'à remplir la tour et l'étouffer.

À chaque pleine lune, la vieille Mélanie venait avec de la nourriture et des herbes, et disait à Raiponce quelles potions préparer. Chaque lune noire, la sorcière recueillait les pots et les bocaux pleins. Lors de ces visites, elle disait toujours à Raiponce combien il lui coûtait pour la nourrir, et lui rappelait le risque qu'elle prenait de la cacher.

Un jour, gagnée par la colère, le désespoir et la solitude, Raiponce se coupa les cheveux. La sorcière dut user de sa magie pour entrer dans la tour par lévitation, puis elle lui appliqua de nouveau l'huile spéciale. Elle rappela tranquillement à Raiponce son crime puis l'abandonna pendant deux mois.

Raiponce dut rationner ses maigres provisions, ne sachant pas quand la vieille Mélanie reviendrait, ni si elle le ferait. Entre-temps, ses cheveux avaient rapidement repoussé. Elle chantait pour les merles qui lui portaient des baies, tandis que les hiboux lui amenaient des souris et des campagnols. C'était à peine suffisant. Lorsque la sorcière revint, Raiponce délirait à cause de la faim et du manque de compagnie. Sans l'eau du puits au rez-de-chaussée, elle aurait péri.

Les jours passaient. Les oiseaux lui racontaient des histoires sur le monde extérieur, et lui assuraient souvent qu'elle était douce et gentille. Mais Raiponce ne les croyait jamais. Elle savait qu'elle était née méchante et qu'il valait mieux qu'elle se tînt à l'écart du monde, même si son cœur aspirait à le rejoindre.

Par un matin ensoleillé, Raiponce était assise près de la fenêtre et chantait. Un jeune gentilhomme nommé Lucien et qui passait par là à cheval, tomba sous le charme. Il resta pendant des heures à regarder Raiponce, assis sur son cheval qui trépignait d'impatience. La jeune fille chantait si joliment que tous les oiseaux répondaient à ses mélodies. Il assista aussi à l'arrivée de la vieille Mélanie et entendit son appel : « Raiponce, Raiponce, déroule ta tresse blonde. » Lucien reconnut la sorcière car sa renommée en tant que guérisseuse était immense, et parce que son commerce l'avait enrichie. Il connaissait aussi les rumeurs sur ses pratiques les plus pernicieuses. Après le départ de la vieille Mélanie, Lucien s'approcha en bas de la tour. Il imita la voix haut perchée de la vieille femme. « Raiponce, Raiponce, déroule ta tresse blonde », chanta-t-il.

Elle savait qu'elle était née méchante et qu'il valait mieux qu'elle se tînt à l'écart du monde.

Quand il apparut à la fenêtre, Raiponce se figea. Lucien leva les mains et lui dit qu'il lui voulait aucun mal. Il lui parla doucement pendant un certain temps avant qu'elle ne pût répondre, puis elle lui demanda de partir. « Je suis dangereuse », fut tout ce qu'elle lui dit.

Chaque matin, Lucien rendait visite à Raiponce et finit par gagner sa confiance. Finalement, tout en pleurant, elle lui avoua comment elle avait tué un homme. Lucien écouta et lui dit ce qu'il savait de la vieille Mélanie, mais Raiponce pensait qu'il se trompait. Elle refusait de quitter la tour. « Je suis plus en sécurité ici », assurait-elle.

Au fil des semaines, la vieille Mélanie remarqua un changement chez Raiponce. Elle semblait heureuse, et moins intimidée par elle. La sorcière décida d'attendre, cachée, et d'observer la tour. Elle repéra Lucien arriver et vit le couple enlacé à la fenêtre.

Dans une fureur froide, elle demeura ainsi jusqu'à ce qu'il s'en allât. Puis elle se plaça en bas de la tour et imita sa voix.

« Mon amour, cria Raiponce tandis que la sorcière commençait à monter, pourquoi reviens-tu si vite ? »

Lorsque la vieille Mélanie entra dans la pièce, elle se jeta sur Raiponce et lui coupa les cheveux d'un seul coup de son poignard. Puis elle jeta un sort à la jeune femme pour la rendre amnésique et la perdit dans la forêt. Raiponce erra dans les bois, terrorisée et dans un état second, ne sachant pas son nom, et sans aucun souvenir de Lucien.

Le lendemain à l'aube, Lucien appela Raiponce, et la vieille Mélanie jeta la tresse coupée pour que le jeune homme montât. Quand il se trouva sur le rebord de la fenêtre, elle posa son couteau contre sa gorge. « Raiponce est morte, dit-elle sèchement. Vous ne verrez jamais plus son visage. » Sur ce, elle lui enduisit les yeux d'un onguent qui le rendit instantanément aveugle.

Malgré sa peur et son angoisse, Lucien lutta avec la sorcière. Son attaque la déséquilibra, et ses pieds s'empêtrèrent dans la tresse. Ils tombèrent tous deux à la renverse par la fenêtre, mais Lucien se tenait à la tresse. Il chuta, espérant mourir. Il y eut un effroyable craquement, et la tresse se défit. Il tira sur sa main, mais il n'avait pas chuté de beaucoup.

Lucien reposait dans l'herbe humide, dans l'obscurité, en attendant que la sorcière en finît avec lui. Mais elle ne vint jamais.

Le gentilhomme avait mal aux pieds et siffla son cheval. Il monta, se cramponna à son encolure, et il lui ordonna de le ramener chez lui. La douleur qui étreignait son cœur brisé le faisait davantage souffrir que sa soudaine cécité.

Pourtant, dans l'obscurité, il entendit le chant de Raiponce. Dans un premier temps, Lucien crut que c'était son esprit qui projetait son vœu le plus cher. Il cria « Raiponce ! Raiponce ! », mais elle ne répondait pas. Puis son cheval s'arrêta et une voix douce lui demanda : « Est-ce que vous allez bien, Monseigneur ? »

Tout en pleurant des larmes de bonheur, il lui prit la main. À ce moment, lorsque le sel de ses larmes toucha la peau de Raiponce, le maléfice de la sorcière prit fin. Raiponce se rappela son nom et son amour. Ils tombèrent dans les bras l'un de l'autre.

Lorsque Raiponce découvrit que Lucien était aveugle, elle lui baisa les yeux et lui dit qu'elle les guérirait, car elle était plus douée que la vieille Mélanie ne l'avait jamais été. Elle trouva les bonnes plantes, lui appliqua un baume et il recouvra la vue.

Raiponce insista pour retourner à la tour et ils arrivèrent à la nuit tombante. Accrochée à la fenêtre, avec la tresse de Raiponce enroulée autour de son cou, la vieille Mélanie se balançait dans le vent. Son visage était pourpre, sa langue gonflée sortait, et les corbeaux avaient déjà commencé à lui dévorer les yeux.

Pendant longtemps, le couple demeura assis sur le cheval, en silence. Les bras de Raiponce serraient la taille de Lucien. Les battements de son cœur étaient comme une nouvelle chanson qu'elle voulait connaître pour toujours.

L'étoile du soir finit par paraître dans le ciel indigo.

« Il est temps de partir », dit-elle.

Les Souliers Rouges

Aussi longtemps que Mathilde s'en souvînt, il n'y avait qu'elle et sa mère, Marguerite. « Deux pois dans une cosse, » disait toujours Marguerite, car elles vivaient ensemble dans une pièce. Marguerite était cuisinière dans une auberge, et lorsque Mathilde était petite, elle jouait souvent dans la cuisine. Ce qui signifiait qu'au moins, Mathilde mangeait tous les jours, car sa mère « buvait » généralement son salaire. Mathilde devait souvent faire rouler Marguerite dans son lit tard dans la nuit.

L'été, Mathilde marchait pieds nus et l'hiver, elle et sa mère n'avaient pas les moyens de porter autre chose que de vilains sabots de bois, rembourrés d'un chiffon pour empêcher leurs orteils de geler. Plus Mathilde grandissait, plus sa mère buvait, et certains soirs, elle devait même l'aider à rentrer à la maison.

Catherine, la femme du cordonnier, avait bon cœur et était l'une des rares personnes à ne pas insulter Marguerite. Un matin, elle aperçut Mathilde en train d'aider sa mère à rentrer. Il était évident que Marguerite avait passé la nuit dehors — elle était trempée, pâle, et avait une mauvaise toux. Pieds nus, Mathilde glissa dans la boue à plusieurs reprises tandis qu'elle soutenait sa mère. Catherine décida de coudre à Mathilde une paire de chaussures à partir des chutes dans l'atelier de son mari. Ce n'était pas son métier, mais elle avait suffisamment aidé son mari pour connaître les bases. Elle ne trouva que du cuir rouge brillant, et même si les souliers étaient rudimentaires, ils étaient colorés.

Mathilde chérissait ses chaussures. Elle les portait tous les jours, et les nettoyait chaque soir. Mais sa mère perdit son emploi parce qu'elle était trop malade pour travailler, et Mathilde dut rester chez elle toute la journée pour s'occuper d'elle. Elle détestait l'odeur de chambre de malade et les cris délirants de sa mère. Une nuit, après avoir écouté sa mère gémir pendant des heures, Mathilde pria pour qu'elle mourût.

Le lendemain matin, Mathilde essaya de secouer sa mère pour la réveiller, mais Marguerite était froide et silencieuse. Mathilde pleura sur le corps de sa mère pendant des heures. Comme elle n'avait pas d'argent, le prêtre fit une courte cérémonie. Les seules personnes à l'enterrement étaient Mathilde et Catherine. Mathilde portait ses souliers rouges usés car elle n'avait rien d'autre de convenable. Les gens chuchotèrent des

remarques tandis qu'elle suivait le pauvre cercueil de sa mère à l'arrière de la charrette du fossoyeur.

Ce jour-là, Mme Jabert, une femme fortunée, passait dans sa voiture. Son mari était mort des années plus tôt, et leurs deux fils avaient été tués à la guerre. Elle remarqua la jeune fille maigre derrière le cercueil et entendit les cruels bavardages sur elle et sa mère. Elle décida d'arracher la jeune fille à une vie de péchés.

Mme Jabert contacta le prêtre pour adopter Mathilde, et tout le monde loua sa grandeur d'âme. Personne ne demanda à Mathilde ce qu'elle voulait. Elle était heureuse d'avoir une bonne maison, mais Mme Jabert était vieux jeu et très pieuse. Elle ne manquait pas de rappeler à Mathilde de façon répétée qu'elle l'avait « sortie du caniveau ».

Elle ordonna à Mathilde de brûler ses vieux souliers rouges, car le « rouge était la marque du diable ». Mme Jabert était daltonienne, mais elle avait entendu la rumeur en ville, et elle voulait faire comprendre à tout le monde qu'elle était en train de remettre Mathilde sur le droit chemin.

Mathilde pleura lorsqu'elle jeta les souliers dans les flammes devant Mme Jabert.

Mathilde s'installa rapidement dans sa nouvelle vie. Elle fréquentait une école de religieuses et aimait apprendre, mais des jeunes filles la tourmentaient tous les jours, se moquant de son accent et de sa mère. À la maison, elle devait être obéissante et calme, étudier après l'école, et lire la Bible tous les soirs. En dehors de l'école ou de l'église, la seule autre fois où Mathilde était autorisée à sortir était lorsqu'elle accompagnait Mme Jabert faire des courses. Chaque fois, Mme Jabert proclamait haut et fort qu'elle avait sauvé l'enfant d'une femme tombée dans la déchéance. Mathilde en était venue à redouter ces excursions en ville.

Une fois, alors qu'elles sortaient de chez le boucher, une grande voiture toute décorée et portant les insignes du roi s'arrêta. Deux soldats escortaient la reine et sa fille. Mathilde vit la princesse de près. Elle devait avoir son âge et portait une belle robe blanche brodée de fils d'or et d'écarlates, ainsi qu'une paire de souliers rouges en cuir marocain. Mathilde baissa les yeux vers ses chaussures presque noires et pria pour avoir un peu de couleur dans sa vie.

Sur le chemin du retour, Mme Jabert fit un concert de louanges sur la reine et la princesse. « La princesse portait une paire de jolis souliers rouges », dit Mathilde, s'attendant à ce que Mme Jabert fût scandalisée.

Au lieu de cela, elle répondit : « Je suis sûre qu'ils viennent de Paris. La reine est réputée pour son bon goût. »

Lorsque Mathilde demanda à Mme Jabert pourquoi les souliers rouges convenaient à une princesse, la veuve dit à Mathilde que des usages différents s'appliquaient à la famille royale. « Lorsque tu seras reine, tu pourras porter des souliers rouges ». Mme Jabert se mit à rire.

Les années passant, Mme Jabert devint plus frêle et Mathilde gagna un peu de liberté. Lorsqu'elle fut en âge de faire sa confirmation, Mme Jabert était trop souffrante pour l'accompagner faire des achats, mais elle insista pour que Mathilde achetât la plus belle tenue, quel qu'en fut le coût.

Après moult réflexions, elle opta pour une robe en dentelle blanche, des gants et des bas. Chez le cordonnier, les premières chaussures qu'elle remarqua étaient une paire de chaussons en cuir rouge avec des rubans de satin. Le cordonnier lui dit qu'ils avaient été cousus pour une danseuse célèbre, mais qu'ils étaient trop petits.

« J'avais pourtant pris les mesures moi-même. Elle avait acheté une matière spéciale de Damas. Elle était furieuse. J'ai dû lui faire deux autres paires gratuitement. »

Mathilde essaya les chaussons, ils lui allaient parfaitement. Elle fit les pointes, elle se sentait plus légère. Elle avait une folle envie de danser, alors elle tourna un peu.

Le cordonnier se gratta la tête, sourit, constatant à quel point sa création était réussie. « Ils vous vont à merveille », dit-il, heureux de les avoir enfin vendus.

Mathilde cacha les chaussons au fond de sa garde-robe, et décida de porter ses chaussures plates le jour de sa confirmation. Chaque fois qu'elle était seule dans sa chambre, elle enfilait ses souliers rouges. Puis elle se mettait à danser autour de sa chambre, s'imaginant au bal et au centre de toutes les attentions. Mme Jabert était par principe contre la danse et les bals.

Le jour de sa confirmation, Mathilde mit sa nouvelle robe et ses vieilles chaussures noires. Elle regarda les chaussons rouge vif, désespérée de ne pouvoir les porter, et rangea la boîte à contrecœur.

Lorsqu'elle descendit l'escalier, l'une des servantes poussa un cri de surprise. Mathilde vérifia si elle avait une tache sur ses vêtements et s'aperçut qu'elle portait les chaussons rouges. Elle n'avait aucun souvenir de les avoir enfilés.

Lorsqu'elle descendit l'escalier, l'une des servantes poussa un cri de surprise.

Mais il était trop tard pour se changer, car Mme Jabert était déjà à la porte, et elle était très à cheval sur la ponctualité.

Mathilde sortit de la maison avec les souliers rouges. Elle était ravie. Ils méritaient d'être montrés en public.

Elle avait l'impression de flotter dans ses belles chaussures. À l'église, tout le monde la remarqua. Lorsque l'orgue retentit et que les enfants commencèrent à chanter, Mathilde n'avait qu'une seule envie, c'était de danser. Elle dut se concentrer pour éviter de bouger les pieds, agenouillée devant l'autel en attendant la bénédiction de l'archevêque.

Le plus difficile était de rentrer chez elle et d'enlever les souliers rouges en les empêchant de danser.

Au petit-déjeuner, Mme Jabert rapporta ce qu'elle avait entendu de plusieurs de ses voisins, et comme la veuve avait assisté à la messe, tout le monde supposait qu'elle avait fermé les yeux sur le choix de Mathilde. Livide, elle passa une demi-heure à expliquer à Mathilde à quel point elle avait insulté la femme qui l'avait sauvée de la rue. Mme Jabert termina sa tirade en disant : « Tu as du mauvais sang, Mathilde, mais ce n'est pas le mien, Dieu merci ! »

Elle ordonna à Mathilde de brûler les chaussons.

Une partie de Mathilde n'était pas repentante. Elle accepta de détruire les chaussons, mais elle mentait. Elle n'avait jamais rien possédé d'aussi beau. Les brûler, ce serait brûler ses propres pieds. Mathilde jura en elle-même qu'elle les garderait pour toujours.

Ce soir-là Mme Jabert fit une attaque et perdit l'usage de ses jambes. Le médecin dit à Mathilde que l'état de la veuve ne s'améliorerait pas, mais qu'elle pouvait vivre de nombreuses années. À partir de cet instant, Mathilde partageait son temps entre l'école, et les soins de Mme Jabert. Clouée au lit et parlant avec difficulté, Mme Jabert perdit toute bonté et dirigea sa colère contre sa fille adoptive. Elle accusa Mathilde de lui avoir causé sa maladie, et la menaçait régulièrement de l'abandonner.

Mathilde était autorisée à sortir seule deux fois par semaine : pour commander les provisions de la maison, et pour aller à l'église. Mme Jabert dit à Mathilde qu'elle ferait tout ce qui fût en son pouvoir pour s'assurer que Mathilde échappât à la damnation. Elle demandait à Mathilde de lui rapporter de la messe des nouvelles de leurs voisins.

Devenue plus audacieuse, Mathilde portait ses souliers rouges en public. Elle n'osait pas les porter à l'école car les religieuses l'auraient immédiatement renvoyée chez elle, mais elle les mettait souvent lorsqu'elle faisait des courses en ville ou qu'elle se rendait à l'église. Mme Jabert n'avait que peu de visites, si bien que Mathilde savait que la veuve ne saurait rien de son comportement.

Un jour, alors qu'elle sortait de chez l'épicier, elle remarqua un homme étrange appuyé contre la porte de l'auberge. Il avait une moustache recourbée et une longue barbe en pointe, ainsi qu'une tenue fringante. Il la regarda intensément tandis qu'elle marchait vers lui. Elle remarqua qu'il tourna la tête pour dire quelque chose à l'homme à côté de lui. Mathilde supposa qu'il demandait qui elle était, puisque tout le monde à l'auberge connaissait l'histoire de sa famille.

Elle passa devant lui en le regardant fixement. Il s'écria alors : « Ce sont de beaux chaussons de danse. Il serait dommage de ne pas les utiliser. » Mathilde le regarda, les yeux de l'homme brillaient et il lui sourit. Elle rougit et détourna le regard. Elle ne devait pas parler aux hommes dans la rue.

Pourtant, elle n'arrivait pas à oublier ses paroles. Cette nuit-là, lorsque la maison fut calme, elle mit ses souliers rouges et dansa autour de la pièce. Plus tard, à bout de souffle, elle se laissa tomber dans son lit et s'endormit avec eux.

Le lendemain était un dimanche. Mathilde ne prit pas la peine d'enlever ses souliers et les porta à l'église. Elle vit les regards obliques des fidèles, mais les ignora. Le prêtre fit un sermon sur les méfaits de la vanité chez les femmes. Mathilde songea qu'il ne disait rien en revanche sur les hommes qui semblaient beaucoup trop aimer leurs habits du dimanche.

Après l'église, personne ne voulut lui parler. Même le prêtre fit semblant d'être occupé alors qu'elle l'attendait pour le remercier de la messe. Tandis qu'elle traînait dehors, seul parmi la foule de personnes qui quittaient l'église, l'homme qu'elle avait remarqué dans la rue s'approcha d'elle.

« Ce n'est pas ici que vous trouverez un air joyeux pour vos souliers rouges, murmura-t-il. C'est dommage, j'adorerais vous voir danser. » Son sourire était irrésistible.

Mathilde eut un petit rire et esquissa quelques pas de danse pour lui. Elle fit une petite révérence, et il frappa dans ses mains. « Vous n'avez peur de rien », dit-il, et elle pensa que son ton était admiratif. Elle fit de nouveau quelques pas, mais cette fois, elle ne parvint pas à s'arrêter.

Ses pieds, enfermés dans ses souliers rouges, tournoyaient, dansaient et sautaient. Un attroupement se fit autour d'elle et tout le monde la regardait fixement. Le prêtre était rouge de colère, et Mathilde savait qu'il pensait qu'elle le défiait en réponse à son sermon. Une seule voix cria : « bravo », et elle crut voir l'étranger sourire parmi le groupe de visages renfrognés.

Elle essayait désespérément d'arrêter, mais ses pieds refusaient. Elle les dirigea vers la voiture qui l'attendait, mais elle ne put y monter car ses souliers lui désobéissaient. Le cocher dut l'attraper et l'installer, et pendant tout ce temps, Mathilde pleura et lui dit qu'elle ne pouvait pas contrôler ses pieds. Enfin, elle réussit à enlever les souliers, et à les poser sur le siège en face d'elle.

À son retour, elle cacha les souliers rouges au fond de sa garde-robe, et pendant longtemps, elle ne les porta pas, sauf dans ses rêves, où elle recevait une invitation à un bal, mettait ses souliers rouges et dansait avec un bel homme toute la nuit. Parfois, il portait un costume d'écarlate et d'or. Lorsqu'ils tournaient sur la piste de danse, il lui parlait à l'oreille, et son souffle était chaud sur son cou : « le rouge est la couleur de la vie. Elle coule en chacun de nous », lui disait-il.

Elle se réveillait, mourant d'envie de mettre ses souliers rouges, mais elle avait trop peur de ce qui pouvait arriver.

Mme Jabert s'affaiblissait. Mathilde essayait d'étouffer son ressentiment et de prendre soin d'elle. Elle était enfin devenue le genre de fille que Mme Jabert souhaitait : malléable, repentante, et reconnaissante. Pourtant, la veuve l'accablait. Un soir, tandis que Mathilde lui donnait sa soupe, la veuve la regarda et lui dit : « Toi aussi, tu flétriras et mourras un jour ! »

Le lendemain matin, Mme Jabert sombra dans le coma. Le médecin prévint Mathilde que la mort de la vieille dame n'était plus qu'une question de jours. Mathilde alla dans sa chambre et pleura ses deux mères, malgré leurs défauts.

Cet après-midi-là, elle reçut une invitation à un bal pour le seizième anniversaire de l'une de ses camarades de classe.

Au chevet de Mme Jabert, Mathilde lui dit : « Madame Jabert, je suis invitée à aller danser pour l'anniversaire de Louise. Si vous ne voulez pas que j'y aille, faites-moi un signe. »

La maison était silencieuse, à l'exception du tic-tac de l'horloge du grand-père dans le couloir.

Mathilde mit sa plus belle robe, et regarda ses souliers rouges. C'était la première occasion où il serait approprié de les porter. *Je vais enfin pouvoir danser à un bal!* pensa-t-elle.

Elle enfila ses souliers rouges et les admira dans le miroir avant de descendre les escaliers en courant.

Le bal était comme elle l'avait imaginé : la salle était décorée de blanc et de cristal, et des musiciens talentueux jouaient tous les airs populaires. Il y avait des plats exquis et des robes fabuleuses. Louise était radieuse au bras de son père. En dépit de sa joie d'être là, de porter ses souliers rouges, une sensation sourde oppressait Mathilde. Peu de gens lui parlaient, et tout le monde semblait avoir de la famille et des amis autour d'eux.

Elle but le champagne qu'on lui offrait, et elle dansa avec plusieurs hommes, dans l'espoir de remplir le vide dans son cœur. Enfin, l'homme qu'elle avait rencontré auparavant l'invita sur la piste de danse. « Vous et ces souliers êtes faits pour danser, dit-il.

– Je suis une mauvaise fille, lui confessa-t-elle en avalant les mots, tout le monde me le dit.

– J'adore les mauvaises filles, » répondit-il en l'attirant plus près. Ils dansèrent ensemble le restant de la nuit.

Le bal terminé, le cavalier de Mathilde essaya de la convaincre de l'accompagner chez lui et de monter dans sa voiture. Elle s'éloigna de lui en dansant et en secouant sa tête qu'elle sentait légère comme un flocon de neige. Ses pieds semblaient flotter au-dessus du sol. « Continuez à jouer », cria-t-elle aux musiciens. Elle se balançait, les bras écartés. Les musiciens continuaient à ranger leurs instruments, et les autres invités ricanaient d'elle. « Je veux danser pour toujours », soupira-t-elle.

L'homme traversa la piste et lui saisit le bras. « Assez, dit-il. Je vous jouerai un air entraînant dans ma chambre, mais arrêtez maintenant et venez.

Elle se défit de son emprise avec une force surprenante. – Vous n'avez pas à me dire ce que je dois faire ! » cria-t-elle, soudain furieuse.

L'assemblée se tut. Les pieds de Mathilde continuaient à danser. Sous le poids de la réprobation des spectateurs, sa tête résonnait de chaînes qui s'entrechoquaient. Elle essayait d'arrêter de danser, mais ses pieds poursuivaient leurs mouvements. L'homme tenta de nouveau de l'entraîner, mais elle se dégagea d'un bond.

« Je ne peux pas arrêter ! dit-elle. Ce sont mes pieds, ils ne veulent pas obéir. »

Les domestiques tentèrent de l'attraper, mais elle leur échappait sur ses pieds agiles. Les souliers sortirent de la maison en dansant dans la nuit sans lune. Ils la menèrent à travers les ronces, les buissons et les ruisseaux. Elle ne cessa d'appeler au secours jusqu'à ce que sa voix devînt rauque.

Au matin, elle était couverte de boue, égratignée et épuisée, mais ses pieds continuaient de danser. Mathilde réussit à s'accrocher au poteau d'une clôture, mais ses pieds luttaient pour se libérer. Elle essaya de s'accrocher à un poteau et d'enlever ses souliers, mais elle fit une terrible découverte.

Les souliers rouges avaient fusionné avec ses pieds. Il n'y avait pas moyen de les séparer. Sous le choc, elle lâcha le poteau et ses pieds décollèrent de la route, l'entraînant sans repos vers la ville.

Tandis qu'elle dansait devant la maison de Mme Jabert, le croque-mort livrait un cercueil, et la femme de chambre pleurait sur le seuil. Elle ne pouvait pas s'arrêter. Les souliers dansaient devant ses voisins et ses camarades de classe. Mathilde tendit les bras, implorant leur aide, mais ils s'éloignèrent d'elle et appelèrent la police.

Mathilde avait quitté la ville en quelques minutes, et ses pieds la traînaient sans relâche à travers les marais, les forêts et les villages. On la surnommait « la danseuse folle », et les enfants couraient derrière elle en lui jetant des pierres. De temps en temps, elle réussissait à cueillir des fruits et des noix, ou à prendre une tourte sur un étal de nourriture en passant à toute vitesse.

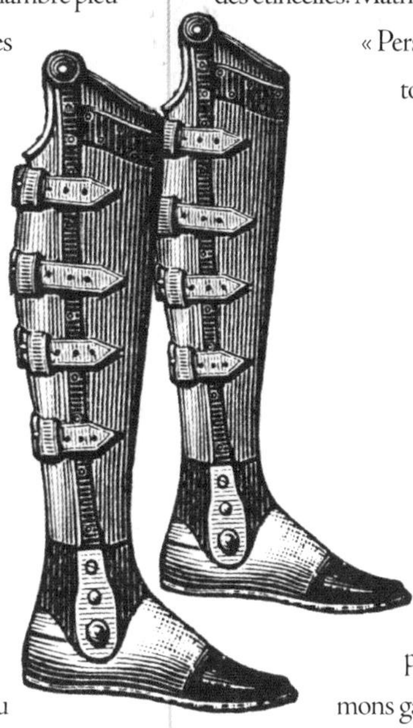

Elle ne pouvait ni se reposer ni dormir, et elle n'avait guère le choix de son itinéraire. Ses pieds, dirigés par ses souliers rouges, allaient là où ils le souhaitaient.

Affamée, délirante et sale, Mathilde fut traînée à l'église le jour de l'enterrement de Mme Jabert. Elle retrouva un peu d'espoir. Si elle parvenait à entrer dans l'église et dire une prière, peut-être les souliers rouges seraient-ils apaisés et la libéreraient.

En dansant sur le chemin de l'église, une silhouette d'un blanc éclatant apparut. C'était Madame Jabert, mais transfigurée. Ses yeux étaient des flammes et dans sa main, elle brandissait une épée pour barrer la route de Mathilde. « Fille ingrate, hurla-t-elle, ces chaussures ont pris possession de toi. Ils te feront danser jusqu'à la mort.

– S'il vous plaît, dites-leur de me laisser partir ! » dit-elle, mais la silhouette fracassa son épée sur le chemin, faisant jaillir des étincelles. Mathilde protégea son visage de ses bras.

« Personne ne peut relâcher leur emprise sur toi, » hurla-t-elle, et les souliers décollèrent, emportant Mathilde dans la nature.

Les semaines passèrent. Mathilde était devenue une poupée de chiffon qui dansait par les chemins et les champs. Sans dormir, mangeant et buvant peu, elle distinguait à peine la réalité des projections de son cerveau fiévreux et fatigué.

Parfois, elle dansait à travers des prairies en flammes, tandis que des démons gambadaient autour d'elle, d'autres fois des anges chantaient des hymnes pour l'apaiser. Mais chaque fois qu'elle titubait près d'une église, la silhouette menaçante apparaissait, brandissant son épée impitoyable.

Un jour qu'elle dansait devant une petite maison, un homme était en train de couper du bois avec une grande hache. « S'il vous plaît, supplia-t-elle, coupez-moi les pieds car mes souliers ne me laissent aucun répit. »

L'homme reconnut la danseuse folle, et son cœur se remplit de pitié. Pourtant, il ne pouvait se résoudre à mutiler la jeune femme. Mathilde s'éloigna en pleurant. Les jours suivants, elle passa deux autres fois devant sa maison, pleurant et le suppliant de mettre fin à son calvaire.

La troisième fois, il était prêt. Il la saisit par la taille, ses jambes se débattirent, cherchant désespérément à danser. Il lui posa les pieds sur son billot et de deux grands coups secs, rapides et précis, il lui coupa les pieds à la cheville.

Mathilde hurla de douleur, ses pieds bondirent au sol pour danser tandis que le sang jaillissait de ses chevilles. Ils étaient déjà loin lorsqu'elle perdit connaissance.

Au cours des mois qui suivirent, le bûcheron, prénommé Hugues, s'occupa d'elle, tandis qu'elle balançait entre la vie et la mort. Au cours de cette période, les visions de Mme Jabert hantaient ses rêves. « Ton sang est mauvais », criait-elle, et elle levait l'épée pour couper les pieds de Mathilde.

Hugues sculpta pour Mathilde deux pieds en bois qu'elle fixait à ses jambes à l'aide de boucles et de sangles. Elle apprit à se déplacer à l'aide de deux cannes.

Un an plus tard, elle déménagea dans une ville et trouva un travail dans une cuisine. Elle envoyait régulièrement de l'argent à Hugues en guise de remerciement pour la grande bonté dont il avait fait preuve.

Le premier dimanche qu'elle passa dans sa nouvelle ville, elle essaya d'aller à l'église. Tandis qu'elle claudiquait dans l'allée sur ses cannes, ses pieds coupés, revêtus des chaussons rouges, surgirent du sous-bois et dansèrent joyeusement devant elle.

Mathilde poussa un cri et recula. Les paroissiens s'écartèrent de cette femme étrange, scrutant autour d'eux ce qui lui faisait peur. Mathilde ne put dépasser les souliers rouges et leurs pas moqueurs.

Pendant des années, chaque fois que Mathilde osait s'approcher de l'église, les souliers rouges gambadaient devant elle, lui barrant le passage.

Elle se consacra à son travail, en prenant soin des plus pauvres. Ayant été privée et chassée, Mathilde comprit l'effet d'une bonne action sur les désespérés. Elle n'attendait rien en retour, n'en parlait à personne, mais au fil du temps, sa réputation grandit.

Pourtant, elle ne put jamais oublier les souliers rouges.

Plusieurs années plus tard, alors qu'elle reposait sur son lit de mort, elle se rendit compte qu'elle n'était pas seule. Les personnes à qui elle avait témoigné de la compassion et de l'amitié veillèrent au confort de Mathilde et la soignèrent. Sa dernière vision, avant de pousser son dernier souffle, fut les visages de ses amis chers.

Comme Mathilde expirait, une silhouette lumineuse apparut devant elle. C'était sa mère Marguerite. Elle toucha la joue de Mathilde, et d'un seul coup, Mathilde fut envahie d'amour et de chaleur.

Mathilde se leva, et miraculeusement ses pieds et ses jambes étaient de nouveau entiers.

« Le pardon se trouve à l'intérieur, » dit Marguerite.

Mathilde se mit à rire. Maintenant, cela semblait si évident.

« Tu as toujours été la reine de mon cœur », ajouta sa mère. Elle tenait la première paire de souliers rouges dans ses mains. Ratatinés, difformes, mais conçus avec soin et amour.

Mathilde les mit et prit la main de sa mère. Elle sentait le pain frais, l'odeur joyeuse de ses meilleurs souvenirs d'enfance.

Ensemble, elles se fondirent dans la lumière.

Bimbamboulor

Dans une terre lointaine, quelque part au nord, habitait une femme très travailleuse nommée Frida, dont le mari était mort au début de leur mariage, la laissant se débrouiller seule avec leur fille unique, Anna.

Frida tirait ses revenus du lin qu'elle filait et des vêtements qu'elle tissait. Comme Anna grandissait, Frida lui apprit à filer, selon la tradition familiale. Pourtant, Anna ne montrait aucune aptitude pour ce travail, et pour aucun autre d'ailleurs. Frida devait sans cesse la houspiller pour qu'elle fît la cuisine, le ménage, nourrît les poules ou allumât le feu. Anna devenant une belle fille, Frida s'inquiétait de ce que sa fille allait devenir si elle ne savait rien faire.

Un matin, après avoir disputé sa fille pour sa paresse, Frida disposa un tabouret sur le toit de chaume de leur maison, puis ordonna à sa fille de s'asseoir et de filer. Frida pensait qu'Anna aurait honte de travailler ainsi, au vu et au su de tous leurs voisins et de tous les voyageurs.

Cependant Anna, qui avait un tempérament joyeux, en profita pour se chauffer aux rayons du soleil et voir ce que tout le monde faisait à partir de son excellent poste d'observation.

Ce jour-là, le prince Clément vint à passer par là, chevauchant avec une suite peu nombreuse d'hommes, de retour d'une chasse au sanglier. Le soleil brillait sur les cheveux d'Anna, attirant l'attention du prince. Intrigué par la situation étrange de cette jolie fille assise sur le toit d'une chaumière, une quenouille et un fuseau négligemment posés à ses pieds, il s'engagea sur le chemin. Attirée par le bruit, Frida apparut sur le seuil de la porte. Quelle ne fut pas alors sa surprise !

Lorsque le prince Clément demanda la raison de la curieuse situation d'Anna, Frida répondit d'un ton ironique : « Elle est là pour que chacun puisse voir combien elle est intelligente. En fait, elle est si intelligente, qu'elle file de l'or à partir d'argile et de paille ! »

Hélas, le prince était un homme honnête et confiant qui ne remarqua pas le ton outré de Frida. Le royaume avait un urgent besoin d'argent après une guerre coûteuse, et Clément était en âge de se marier. Frappé par la beauté d'Anna, il pensa avoir trouvé une épouse capable de résoudre tous ses problèmes.

Le prince Clément proposa à Anna de l'emmener au palais pour être son épouse si elle pouvait accomplir son merveilleux exploit. Frida pâlit, comprenant qu'elle devait soit admettre qu'elle avait menti, soit mettre sa fille en danger. Avant que Frida ne pût expliquer quoi que ce fût, Anna avait accepté les conditions, sauvant sa mère de la disgrâce et d'un terrible châtiment.

La mère et sa fille n'eurent que quelques minutes pour se dire au revoir, puis on installa Anna sur la monture du prince et tous deux partirent pour le palais. Durant le voyage, le prince entretint une conversation animée, mais Anna pouvait à peine parler tant elle était inquiète. Clément était sincère et aimable, mais Anna savait que la famille de celui-ci n'accepterait pas une fille de son rang sans la preuve de son merveilleux talent.

En effet, ce fut le cas. Le roi Éric et la reine Clotilde ne furent pas vraiment ravis de voir leur fils unique revenir avec une jeune paysanne qui, selon lui, pouvait filer de l'argile et de la paille pour les transformer en or. Ses parents avaient déjà mis Clément en garde contre sa naïveté et pensaient qu'il avait été dupé. Ils soupçonnaient Anna de vouloir piéger leur fils pour l'épouser. « Elle a trois nuits pour changer de l'argile et de la paille en or », déclara le roi Éric. « En cas d'escroquerie, le châtiment prévu est la mort. »

Clément avait cependant foi en Anna et le lui dit, avant de la laisser dans la pièce froide d'une tour de pierre, avec une quenouille et un fuseau tout neufs, un seau d'argile et une botte de paille.

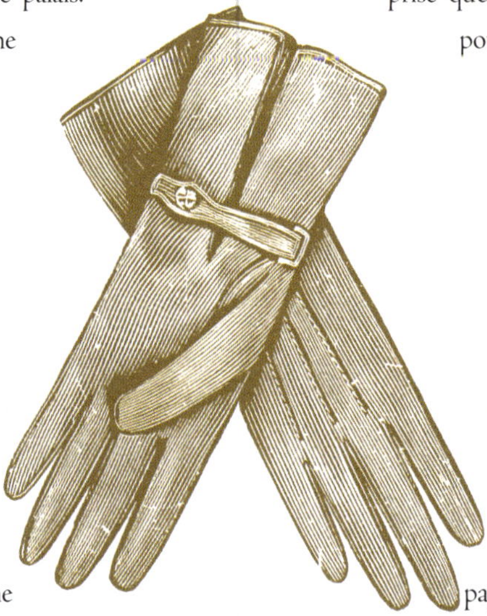

Lorsque la porte se referma, Anna se mit à pleurer. Par la fenêtre de la tour, elle regardait de l'autre côté, là où se trouvait la maison de sa mère, regrettant de ne pas être au coin de l'âtre familier. Quand elle se retourna et qu'elle vit le fuseau et la quenouille, elle fondit en larmes, car cela lui rappela sa mère absente et son impossible corvée.

Elle entendit soudain un grincement bizarre et une ouverture apparut dans le mur. Il en sortit un petit homme hideux avec un sourire sournois. Anna fut tellement surprise qu'elle cessa de pleurer. Il lui demanda pourquoi elle était dans un tel état d'agitation et Anna lui dit la vérité, car elle se croyait condamnée.

« Ne t'inquiète pas, lui dit-il. Prends ces gants enchantés pour filer : tu créeras de l'or à partir de l'argile et de la paille. »

Au début, Anna ne le crût pas, mais elle les essaya et tout se déroula comme promis. Elle savait qu'elle devrait cependant en payer le prix.

« Je reviendrai encore pendant deux nuits. Si tu es capable de deviner mon nom, tu pourras garder les gants et épouser le prince, sinon je te ramènerai chez moi et tu seras ma femme. »

Son regard lubrique lui retourna l'estomac, mais Anna n'avait pas le choix et accepta ses conditions. Il eut un petit rire, la salua et sortit par la porte magique par laquelle il était entré.

Anna travailla pendant de longues heures à la bougie jusqu'à ce que son seau fût vide et qu'il n'y eût plus de paille. Puis elle s'écroula de fatigue.

Le lendemain matin, le prince Clément ouvrit la porte, impatient de constater le résultat. Ses yeux brillèrent de joie et de fierté lorsqu'il vit l'or étinceler. Le roi et la reine furent immédiatement appelés et tout le monde s'émerveilla. Mais le roi donna secrètement l'ordre de doubler la garde devant la chambre d'Anna cette nuit-là.

Anna passa la journée avec Clément, mais elle demeurait silencieuse et le laissait meubler la conservation. Dans sa tête, elle élaborait de longues listes de noms, essayant désespérément de deviner l'identité du singulier petit homme. Elle était si inquiète qu'elle en perdit l'appétit. Repérant un vieux mendiant dans les rues de la ville, elle mit de côté une partie de sa nourriture et la lui offrit. Il la bénit sincèrement.

Cette nuit-là, Anna fut de nouveau enfermée dans la chambre de la tour avec deux seaux d'argile et deux bottes de paille. Elle mit les gants et commença tout de suite son travail. Plusieurs heures plus tard, tandis qu'elle terminait, un grincement lui annonça l'arrivée du petit homme. Elle passa une heure à énumérer la liste de tous les noms qu'elle connaissait. Il se balançait sur ses talons et souriait, criant « non ! » à toutes ses suggestions. Anna finit par abandonner, et l'homme la quitta, non sans lui avoir rappelé le châtiment qu'elle encourait si elle ne le nommait pas correctement la nuit suivante.

Le lendemain matin, le prince Clément et sa famille ne tarirent pas d'éloges pour Anna. Le roi avait désormais assez d'or pour payer ses dettes. Une nuit de plus lui procurerait assez d'argent pour organiser de fastueuses noces pour Clément et Anna. Tandis qu'ils la couvraient de compliments, Anna parlait peu, et tout le monde saluait son humilité et sa modestie.

Incapable de prendre son petit-déjeuner, elle porta de nouveau sa nourriture au mendiant. Il remarqua ses traits tirés et ses yeux rouges, et lui demanda si quelque chose n'allait pas. Elle lui exposa son tourment, sans toutefois se désigner elle-même comme la personne en difficulté. L'homme la regardait attentivement tandis qu'elle racontait son histoire, et lui conseilla d'être compatissante pour son « amie ».

Anna s'empressa de retourner au palais où elle dévalisa la bibliothèque, à la recherche de noms inhabituels ou exotiques. Plus tard dans l'après-midi, le prince Clément vint la chercher et, voyant son humeur apathique et sombre, essaya de lui remonter le moral.

Ses yeux brillèrent de joie et de fierté lorsqu'il vit l'or étinceler.

« Ma chérie, lui dit-il, — car il était vraiment tombé amoureux d'elle — laissez-moi vous raconter une étrange histoire qui s'est produite aujourd'hui. Ce matin, en route pour la chasse, un vieil homme dans la rue nous dirigea vers un nouvel endroit où trouver du gibier. Comme je n'y étais jamais allé auparavant, j'ai décidé de tenter ma chance.

Ce fut une course plus longue que d'habitude, qui nous mena en haut d'une colline. En cours de route, je perdis mes hommes. Tandis que je les cherchais, je distinguai de la fumée et la suivis. À travers les buissons, j'aperçus un étrange petit homme qui sautillait autour du feu à l'entrée d'une grotte, en chantant cette chanson :

Demain, une jolie blonde j'épouserai,
Car personne ne connaît mon repaire secret,
À part une fée, tout le monde ignore,

Que je me nomme Bimbamboulor.

À ce moment, j'entendis la corne d'un chasseur et je la suivis jusqu'à mes compagnons. »

En entendant cette histoire, Anna se redressa, les yeux remplis d'espoir. Cette nuit-là, le roi lui laissa trois seaux d'argile et trois bottes de paille. Anna se mit au travail l'esprit heureux. À un moment elle se mit à rire en songeant combien sa mère serait surprise si elle la voyait travailler si dur. Lorsqu'elle eut fini, le soleil levant teintait l'horizon de rouge. Elle entendit le grincement familier et l'homme dansa devant la porte, en riant de toutes ses dents.

Anna retint son envie de sourire et lui proposa de nouveaux noms. Impatient, il finit par dire : « Un dernier essai, mon amour, avant que nous partions nous marier. »

Elle se tapota le menton comme si elle était plongée dans ses pensées, puis elle dit : « Ne serait-ce pas... Bimbamboulor ? »

Le visage de l'homme passa par toutes les nuances du rouge au violet tandis que les yeux lui sortaient de la tête.

« Qui te l'a dit ? s'écria-t-il.

– Nous étions convenus que vous partiriez, Bimbamboulor ! » ordonna-t-elle. Entendant son nom pour la seconde fois, il se jeta sur elle, toutes griffes dehors, mais elle le repoussa de sa quenouille.

Tout à coup, ils entendirent une clé tourner dans la serrure et tous deux se figèrent. Bimbamboulor disparut par la porte magique au moment où le prince Clément entrait dans la chambre.

Le mariage d'Anna et du prince Clément fut l'événement le plus important de l'année. Frida vint s'installer au palais avec sa fille. Elle fut la seule personne à qui Anna avoua cette histoire. Les années passaient, et la mère et la fille s'asseyaient parfois pour filer ensemble le soir. Elles parlaient, riaient et finissaient toujours par chanter :

Demain, une jolie blonde j'épouserai,
Car personne ne connaît mon repaire secret,
À part une fée, tout le monde ignore,
Que je me nomme Bimbamboulor.

Vassilissa la Belle

La mère de Vassilissa se mourait.

Son père conduisit Vassilissa dans la chambre de la malade, et les laissa seules toutes les deux. Épuisée, des cernes autour des yeux, la mère de Vassilissa ressemblait plus à un squelette qu'à un être humain. Elle tira de sous les couvertures une petite poupée cousue à la main, des boutons noirs à la place des yeux, et la remit à sa fille.

« Vassilissa, tu es la joie de ma vie et je suis désolée de devoir te quitter si tôt. Cette poupée m'a été donnée par ma mère. Chaque fois que tu auras besoin d'aide, donne un peu à manger et à boire à la poupée, raconte-lui tes problèmes, elle te conseillera et t'aidera. Garde-la toujours avec toi et ne la montre jamais à personne. Sa mère était essoufflée, il lui en coûtait beaucoup de parler. Je ne peux pas être avec toi, mais cette poupée me remplacera. Je t'aime, ma petite fille. »

Sur ce, la mère et la fille s'embrassèrent en pleurant. Puis la mère embrassa Vassilissa sur son front et lui demanda de sortir. La mère mourut à la nuit tombée et Vassilissa était inconsolable. Elle était couchée dans son lit, pleurant et serrant sa nouvelle poupée contre sa poitrine. Sa douleur était si terrible qu'elle pensait qu'elle aussi allait mourir. Incapable de dormir, elle décida de suivre les conseils de sa mère. Vassilissa se rendit dans la cuisine, trouva une tranche de pain et une tasse de lait, et les posa devant la poupée.

« Mange et bois, petite poupée, et écoute mes peines. Maman est morte, et je suis si seule. »

La poupée se leva et ses yeux brillaient comme des étincelles de feu. Elle grignota un morceau de pain et but le lait. Elle regarda Vassilissa et dit : « Va te coucher, Vassilissa. Ferme les yeux et je chanterai pour t'endormir. Le chagrin est pire la nuit, mais le matin est plus sage que le soir. »

Vassilissa emporta la poupée dans sa chambre et se coucha. La poupée chanta la berceuse que sa mère lui chantait lorsqu'elle était bébé, et Vassilissa fut réconfortée.

Au fil des mois, la douleur de Vassilissa s'estompa, et son père essayait de prendre soin d'elle du mieux qu'il pouvait. Marchand de laine, il devait parfois se rendre à l'étranger. Aussi se dit-il au bout de quelque temps que sa fille avait besoin d'une mère. De plus, il était seul lui aussi.

Beaucoup de femmes dans le pays essayaient d'attirer son attention, car il avait une grande maison, une belle réussite, et était connu pour être un homme bon et charitable. Il fit la connaissance d'une veuve appelée Feodora, qui avait deux jumelles, Nadia et Oksana. Feodora était une grosse femme charismatique qui savait comment plaire à un homme, et elle avait deux filles. Le marchand pensait qu'elle serait une épouse aimante et une mère parfaite pour Vassilissa. À peine l'eut-il épousée que Feodora dévoila son vrai visage.

Elle passait son temps à contredire son mari et critiquait Vassilissa tous les jours. Le seul endroit où le marchand avait la paix était au travail. Il passait donc moins de temps à la maison, laissant Vassilissa se débrouiller toute seule avec sa belle-mère. Feodora ne cessait de dénoncer le mauvais comportement de Vassilissa. Son père savait que Vassilissa n'était pas aussi malpolie et obstinée que ne le disait Feodora, mais il était las d'être toujours au milieu de leurs disputes. Un soir, il prit Vassilissa à part et lui demanda d'être patiente avec sa belle-mère.

Vassilissa trouvait injuste que son père lui demandât d'être raisonnable. « Ne vois-tu pas, Vassilissa, lui dit-il, que c'est à toi seule que je peux faire confiance et demander de faire un effort ? » Il soupira et passa la main dans ses cheveux clairsemés.

Vassilissa assuma donc les tâches que Feodora exigeait d'elle sans se plaindre. Comme Vassilissa était très jolie, Feodora s'employait à lui confier les tâches les plus dures pour l'enlaidir, comme désherber le jardin en plein soleil, se lever tôt pour allumer le feu, et récurer les planchers.

Elle ignorait bien sûr l'existence de la poupée.

Le soir venu, Vassilissa servait un morceau de gâteau et un verre de vin à sa poupée. « Mange et bois, petite poupée, et écoute mon histoire. Feodora essaie de me punir injustement. »

Les yeux de la poupée brillaient comme des lucioles, et elle disait : « Ne t'inquiète pas Vassilissa, va te coucher et je me charge des corvées. » Au matin, le jardin était débarrassé de ses mauvaises herbes, les planchers étincelaient, et le feu flambait dans la cheminée. La poupée apprit même à Vassilissa à préparer une pommade à base d'herbes pour protéger sa peau du soleil.

Les années passaient, Vassilissa devenait de plus en plus belle, et Feodora de plus en plus dure avec elle. Elle demandait à ses filles de surveiller Vassilissa et de lui signaler toute mauvaise conduite. Nadia et Oksana n'étaient pas méchantes par nature, mais elles aimaient leur mère et faisaient ce qu'elle leur demandait. Les jumelles se sentaient ordinaires par rapport à leur belle-sœur, et à mesure qu'elles grandissaient, elles s'apercevaient que de plus en plus de prétendants s'intéressaient à Vassilissa.

De nombreux jeunes gens demandèrent aux parents de Vassilissa la permission de lui faire la cour, mais Feodora insista sur le fait que les jumelles devaient se marier les premières. Les filles tombèrent d'accord avec leur mère : Vassilissa devait s'en aller.

Les années passaient, Vassilissa devenait de plus en plus belle, et Feodora de plus en plus dure avec elle.

Vassilissa était souvent malheureuse et solitaire car il était difficile de rester forte face à celles qui lui manifestaient chaque jour leur haine. Sa seule source de bonheur était la poupée qu'elle portait dans sa poche, et elle bénissait souvent sa mère de lui avoir laissé un tel cadeau.

Un jour, le père de Vassilissa annonça qu'il devait partir pour un long et fatigant voyage, dans une lointaine région et que cela lui prendrait plusieurs mois. Il dit au revoir à sa famille, lui demandant de prier pour sa sécurité en son absence.

Vassilissa savait que c'était elle qui avait besoin de prières.

Quelques semaines après son départ, Nadia et Oksana cognèrent à la porte de la chambre de Vassilissa et lui ordonnèrent de plier toutes ses affaires. Elle découvrit que Feodora avait vendu la maison et tous les meubles et avait acheté une petite chaumière en bordure de la forêt, un lieu célèbre pour ses bandits et ses créatures féroces. Elles devaient partir l'après-midi même. Vassilissa mit la main dans sa poche et toucha la poupée pour se rassurer, puis rassembla des vêtements dans une petite malle.

Dans la nouvelle maison, on donna à Vassilissa une minuscule chambre mansardée, et on la força de faire tout le travail. Malgré l'aide de la poupée, elle était épuisée chaque soir, et plus encore à cause des plaintes incessantes de Feodora et des jumelles.

Sa belle-mère trouvait constamment des excuses pour envoyer Vassilissa faire des provisions dans la forêt. Un jour, c'était pour cueillir des mûres, un autre pour ramasser des champignons. Chaque fois Vassilissa consultait sa poupée pour avoir des conseils afin de pouvoir terminer son travail et se déplacer dans la forêt sans se blesser. Elle prenait notamment soin d'éviter la cabane de Baba Yaga, une terrifiante sorcière qui avait la réputation de manger ceux qui erraient sur son territoire. Nadia et Oksana aimaient raconter des histoires à glacer le sang sur la sorcière pour faire peur à Vassilissa chaque fois que Feodora l'envoyait dans la forêt.

Un soir, Vassilissa entendit Feodora et ses filles chuchoter, certaine qu'elles complotaient contre elle. Vassilissa vérifia qu'elle avait à manger et à boire sur elle au cas où elle dût s'entretenir avec sa poupée. Feodora ordonna à Nadia de confectionner un col de dentelle, à Oksana de tricoter des bas, et à Vassilissa de filer une corbeille de lin. Elle éteignit tous les feux et toutes les lumières, laissant une seule bougie brûler dans leur chambre, et alla se coucher. Les filles travaillèrent pendant plusieurs heures. À un moment, Nadia se leva pour ajuster la mèche de la bougie, et étouffa la flamme.

Un soir, Vassilissa entendit Feodora et ses filles chuchoter, certaine qu'elles complotaient contre elle.

« Qu'allons-nous faire ? demanda Oksana. Nous n'avons rien pour allumer la bougie.

– Je sais, dit Nadia, Vassilissa peut aller à la cabane de Baba Yaga, et demander du feu à la sorcière. »

Vassilissa essaya de discuter avec ses demi-sœurs, mais elles la poussèrent à la porte, et la refermèrent derrière elle.

« Ne reviens pas tant que Baba Yaga ne t'a pas donné de feu », l'avertirent-elles.

ВОРОН

Vassilissa s'assit sur le perron, tremblante à l'idée d'aller rencontrer la sorcière toute seule. Elle donna à manger et à boire à sa poupée dont les yeux ressemblaient à de petites lunes dans l'obscurité. Vassilissa lui exposa son problème.

« Ne crains rien, Vassilissa, lui dit-elle, je vais te diriger vers la maison de la sorcière, et tu n'auras aucun mal. Baba Yaga est redoutable, mais tu survivras si tu respectes ses règles. »

Vassilissa remit la poupée dans sa poche, et s'aventura dans la forêt sauvage. La poupée tirait à droite sur sa jupe s'il s'agissait de la direction à prendre, ou à gauche si c'était le meilleur chemin.

À un moment, un cavalier vêtu de blanc passa au galop sur un cheval blanc comme neige portant un harnais blanc. La nuit fit place à l'aube. Quelques heures plus tard, un cavalier au visage rouge et portant des vêtements écarlates passa au galop sur un cheval rouge rubis, et le soleil parut à l'horizon. Pendant la journée, Vassilissa se perdit. Sa poupée ne s'animait plus car elle n'avait plus rien pour la nourrir. Toute la journée, Vassilissa continua dans la dernière direction indiquée par la poupée en espérant que c'était la meilleure.

Enfin, tandis que le soir faisait place à la nuit, elle arriva à la maison de la sorcière. C'était une cabane construite avec des cuisses de poulet géantes entourée d'une pelouse verte. Elle était protégée par une clôture entièrement faite d'os gigantesques surmontés de crânes humains. Les charnières du portail en os étaient réalisées à partir de pieds humains, et le cadenas était une mâchoire avec des dents pointues. Vassilissa trembla devant cette vision horrible.

Elle était protégée par une clôture entièrement faite d'os gigantesques surmontés de crânes humains.

À ce moment elle entendit le martèlement de sabots. Un cavalier au visage noir de jais, monté sur un cheval noir, trotta jusqu'à la porte et disparut comme s'il était entré dans le sol. La nuit se fit instantanément.

Aussitôt, l'intérieur des crânes s'illumina sur la clôture. Les flammes vacillaient dans leurs orbites, éclairant les alentours. La rangée de crânes sourit à Vassilissa, comme si elle avait deviné son destin et s'en amusait.

Puis les branches d'arbres commencèrent à s'agiter et leurs troncs gémirent lorsque Baba Yaga apparut. Elle se déplaçait dans un mortier de fer géant qu'elle dirigeait avec un pilon et effaçait ses traces avec un balai. La sorcière était grande et mince, sa longue chevelure grise flottait derrière elle, tressée avec les phalanges et les griffes de nombreuses créatures.

Son véhicule attendait à la porte. Elle appela : « Petite maison, petite maison, présente-toi tel que ta mère te l'a appris, tourne le dos à la forêt, et montre-moi ta face ! »

La maison craqua et pivota, et ses jambes se plièrent lentement jusqu'à ce qu'elles reposassent à terre. Baba Yaga renifla et remua le nez. Elle se pencha de son mortier jusqu'à ce que son effrayant visage fût tout près de Vassilissa. « Une fille ! s'écria-t-elle. Et juste à temps pour le souper ! »

Vassilissa fit la révérence bien bas, et tenta de calmer ses tremblements. – Mon nom est Vassilissa, grand-mère. Mes belles-sœurs m'ont envoyée chez toi te demander du feu car il n'y a personne dans la maison de ma belle-mère.

– Ah ! Je connais ces filles-là, dit la sorcière, et elle gloussa.

Rien n'est gratuit en ce bas monde, ma chère, et surtout pas un feu de sorcière. Si tu accomplis certaines tâches et que tu me donnes satisfaction, je te donnerai du feu. Sinon… Elle se lécha les lèvres : Tu atterriras dans ma marmite. »

Vassilissa manqua de s'évanouir à cette perspective, mais elle se souvint de ce que lui avait dit sa poupée, et elle acquiesça.

Baba Yaga se redressa, se mit face à sa porte et s'écria : « Déverrouillez-vous, solides cadenas ! Ouvre-toi, robuste porte ! » Les verrous sautèrent, et la porte s'ouvrit en grand. Baba Yaga roula dans la cour en sifflant. Vassilissa suivit à contrecœur. Derrière elle, la porte se referma et les verrous se cadenassèrent dans un claquement sec.

Elles entrèrent dans la cabane de la sorcière ornée de guirlandes d'os et de bouquets d'herbes et garnie d'étagères de potions. Quatre crânes aux yeux brillants, un dans chaque coin, éclairaient la pièce. Baba Yaga se laissa aller dans un grand fauteuil et croisa ses chevilles osseuses devant le poêle ventru. « Sors la viande du four, fais-moi un repas, et pose-le sur la table. »

Vassilissa se dépêcha de satisfaire la sorcière. Il y avait assez de viande cuite pour trois ogres. Elle trouva aussi une cruche de vin rouge, du pain, et elle fit de la soupe au chou. Baba Yaga passa à table et attaqua son repas avec appétit, avalant et mâchant bruyamment. Elle laissa échapper ensuite un rot assourdissant. Il ne restait pour Vassilissa qu'une goutte de soupe, une miette de pain et un lardon.

Les paupières de la vieille sorcière commencèrent à tomber de sommeil. Elle se laissa choir dans son lit près du poêle, et dit à Vassilissa : « Demain, après mon départ, tu nettoieras la cour, balaieras les planchers, et feras cuire mon souper. Prends aussi un boisseau de blé dans la huche et trie tous les grains noirs des cosses sauvages. Si ce n'est pas fait lorsque je reviendrai, c'est toi qui seras mon repas ! »

Baba Yaga se mit immédiatement à ronfler. Vassilissa attendit un peu plus longtemps, se cacha dans un coin, retira la poupée de sa poche, et lui donna du pain et un peu de soupe au chou. Ses yeux brillaient comme des étoiles. Vassilissa ouvrit la bouche pour parler, mais fondit en larmes, dépassée par les événements de la journée. Entre deux sanglots, elle raconta les exigences de la sorcière à la poupée.

« Va dormir, gentille Vassilissa, lui répondit-elle. Le matin est plus sage que le soir. » Se sentant mieux, Vassilissa se recroquevilla dans son fauteuil et tomba épuisée de sommeil.

Elle se réveilla en entendant la sorcière qui sortait déjà en sifflant gaiement. Elle regardait par la fenêtre lorsque le cavalier rouge arriva à la porte et disparut, laissant place à l'aube. Baba Yaga sauta dans son énorme mortier qui se souleva du sol. Des vents de tempête soufflaient autour d'elle. Elle cria à la porte : « Déverrouillez-vous, solides cadenas ! Ouvre-toi, robuste porte ! » La serrure et la porte s'ouvrirent, et elle fila au loin dans son mortier, pilotant le véhicule de son pilon, et balayant son chemin derrière elle.

Vassilissa se rappela soudain tout le travail qu'elle avait à accomplir avant le retour de la sorcière. Elle prit un balai pour commencer, mais elle remarqua que les étages avaient été balayés, que la cour était propre, et quand elle vérifia le blé, elle découvrit la poupée en train de finir le tri.

Elle courut vers la poupée et la serra contre son cœur. « Merci, poupée chérie ! Maintenant, il ne me reste plus qu'à préparer le souper de la sorcière.

– De rien, Vassilissa. Repose-toi pour le moment, tu cuisineras plus tard. »

Au moment où le cavalier noir arriva, et que les arbres courbés annoncèrent l'arrivée de Baba Yaga, Vassilissa avait préparé un merveilleux festin pour la sorcière. La vieille murmurait et grognait tout en inspectant le travail de la jeune fille, mais elle ne put trouver aucun défaut. Elle mastiquait bruyamment et croquait les os de son repas. Ensuite, elle battit des mains trois fois, et cria : « Eh oh ! mes fidèles serviteurs ! Amis de mon cœur ! Hâtez-vous de moudre mon blé ! » Trois paires de mains apparurent, saisirent le blé, et l'emportèrent. Vassilissa se mordit la lèvre pour ne pas crier de surprise.

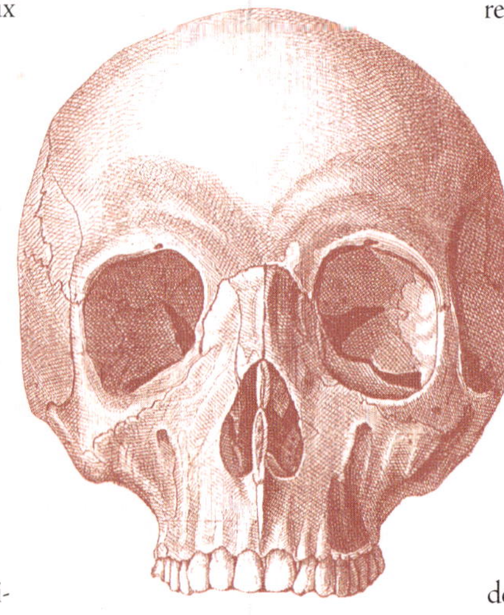

Baba Yaga se laissa tomber sur son lit et regarda la jeune fille. « Tu te crois maligne, hein ? Demain, tu recommenceras ce que tu as fait aujourd'hui. Tu prendras dans la huche un demi-boisseau de grains de pavot et tu les nettoieras un par un. Quelqu'un les a mélangés avec de la terre pour me jouer un mauvais tour. Mais il n'est plus là maintenant. Elle gloussa. C'est ce qui t'arrivera si tu ne le fais pas correctement. » Elle se tourna vers le mur, et bientôt ses ronflements secouèrent le lit.

Vassilissa se cacha dans un coin de la pièce pour donner à sa poupée, dont les yeux s'enflammèrent comme deux bougies, un peu de fromage et de lait. Elle expliqua ce qu'il fallait faire, et la poupée lui assura que tout serait prêt au matin. Vassilissa se coucha pour dormir, pleine de gratitude envers la poupée que sa mère lui avait laissée.

Le lendemain matin, Baba Yaga partit et Vassilissa découvrit que la poupée avait tenu parole. Toutes les corvées étaient faites, et même les graines de pavot avaient été triées.

Elle remercia la poupée de tout son cœur, qui remonta dans la poche de Vassilissa et redevint molle. Vassilissa passa la journée à préparer un grand banquet pour la sorcière, cuisinant pour douze personnes.

Quand elle entendit gémir la forêt au passage de la sorcière, elle se prépara pour l'inspection de Baba Yaga. Encore une fois, la sorcière ne pouvait formuler aucune plainte. Elle se mit à table de méchante humeur, et dévora tous les plats sans laisser une miette. Puis elle tapa dans ses mains et s'écria : « Allez ! mes fidèles serviteurs, amis de mon âme ! Hâtez-vous et pressez l'huile de mes graines de pavot ! » Les trois paires de mains apparurent, prirent les graines de pavot, et les emportèrent.

La vieille sorcière regarda Vassilissa d'un air suspect pendant un long moment en grinçant des dents. Vassilissa garda son sang-froid malgré sa peur. La sorcière finit par aboyer : « Explique-moi comment tu exécutes toutes les tâches que je t'ordonne ? Réponds !

Le regard de la sorcière était si insoutenable que

Vassilissa faillit lui révéler l'existence de la petite poupée. Elle se ressaisit à temps, mais comprit que la sorcière verrait si elle mentait. Elle répondit alors : – La bénédiction de ma mère me protège et m'aide ».

Baba Yaga bondit et s'écria : – Sors de ma maison immédiatement ! Les gens bénis ne sont pas les bienvenus chez moi ! »

Vassilissa ne se le fit pas dire deux fois. Elle courut dehors, et entendit la vieille sorcière crier des ordres à la serrure et à la porte, qui s'ouvrirent. Baba Yaga se pencha à la fenêtre, et jeta à Vassilissa l'un des crânes aux yeux ardents. « Voici le feu pour les filles de ta belle-mère, hurla-t-elle. Honte à elles de t'avoir envoyée à moi. J'ai honoré notre accord. Qu'elles profitent de la chaleur que ce feu leur apporte ! »

Vassilissa ramassa le crâne, et le mit au bout d'un bâton. Elle s'enfonça dans la forêt, trouvant son chemin grâce aux yeux rougeoyants du crâne. À l'aube, leur lumière faiblit, tandis qu'elle apercevait les contours de la maison de sa belle-mère.

Comme Vassilissa était partie depuis des jours, elle imaginait que ses belles-sœurs avaient fait du feu. Elle s'apprêtait à jeter le crâne dans la haie, mais il lui dit : « Ne me jette pas, Vassilissa ! Porte-moi à tes belles-sœurs comme elles te l'ont ordonné ».

Elle remarqua alors qu'aucune lumière ne scintillait à travers les fenêtres. En s'approchant de la maison, le feu se remit à brûler dans les yeux du crâne.

Le feu devint aussi brûlant qu'un four, et un jet de flammes jaillit des yeux, avalant Feodora.

Pour la première fois Feodora lui souhaita la bienvenue, et Nadia et Oksana l'embrassèrent.

« Dieu merci, tu es revenue ! s'écria Feodora. Depuis que tu es partie, nous n'avons plus de feu ».

Elles lui racontèrent qu'elles ne parvenaient à produire aucune étincelle avec le silex, et que le feu des voisins s'éteignait aussitôt qu'il passait leur porte. Elles n'avaient pu allumer ni bougies ni feu de cheminée, se chauffer ou cuire des aliments. Elles avaient froid et vivaient dans l'obscurité depuis le départ de Vassilissa.

Elles étaient ravies que le feu de la sorcière continuât à brûler. Feodora prit le crâne et l'apporta dans le salon. Nadia plaça un chandelier sur la table, et Oksana approcha le crâne.

Elles l'admiraient, mais Vassilissa demeurait en retrait face à ce spectacle étrange.

Les yeux du crâne se mirent à brûler plus fort, tels des charbons ardents. Feodora, Nadia et Oksana reculèrent, effrayées. Le feu devint aussi brûlant qu'un four, et un jet de flammes jaillit des yeux, avalant Feodora. Elle hurla de douleur et disparut dans les flammes. Nadia et Oksana tentèrent de fuir, mais le crâne les poursuivit, et les flots de flammes les rattrapèrent elles aussi. En quelques secondes, il n'y eut plus que des colonnes de feu.

Il ne resta d'elles que trois traces de brûlure et un tas de cendres au sol. Vassilissa était figée, choquée et écœurée. Tout s'était passé si vite qu'elle avait été incapable de faire quoi que ce fût.

Le crâne se tourna vers elle, mais le feu déclina et finit par disparaître. Le crâne s'effondra en un tas de poudre fine et blanche.

Vassilissa se laissa lourdement tomber sur une chaise. Rien ne bougeait dans la maison silencieuse. Elle était seule pour la première fois. Elle sortit la poupée de sa poche, et mit devant elle du bœuf séché et une tasse de bière. « Mange et bois, ma poupée, et écoute ma question. Maintenant que Feodora et ses filles sont mortes, que vais-je devenir ? »

Les yeux de la poupée brillaient comme le soleil.

« Ton père va bientôt revenir, Vassilissa, mais il est temps désormais que tu prennes ton destin en mains. Tu as cette maison et tu sais faire beaucoup de choses. Et je serai toujours avec toi pour te donner des conseils. Sois courageuse et saisit ta chance ».

Vassilissa sourit à la poupée, et pour la première fois rêva de ce qu'elle aimerait faire.

Molly Whupple

Molly Whupple était la plus jeune d'une famille de quinze enfants, mais c'était aussi la plus courageuse de tous. Ses frères et sœurs étaient blonds aux yeux bleus, alors que Molly avait les cheveux aussi noirs que les plumes d'un corbeau, et les yeux aussi verts qu'une feuille de chêne. À trois ans, elle prétendait comprendre le brouhaha de l'eau dans le ruisseau, et jouait avec les lutins dans les hautes herbes. Elle inventait sans cesse des chansons et des jeux, et était très douée pour faire des bêtises. Inévitablement, elle entraînait ses deux sœurs aînées, Sally et Édith.

Leurs parents étant occupés du matin au soir, ils laissaient leurs enfants s'occuper des corvées. Molly distrayait tout le temps les autres, ce qui ennuyait leur père. Rien de ce que faisait Molly ne lui plaisait.

Au cours d'un hiver particulièrement rude durant lequel il n'y avait que peu de chose à manger et que la famille frissonnait dans sa maison congelée, Molly se réveilla une nuit et entendit sa mère et son père chuchoter.

« Ce sont des filles, disait le père, et nous en avons d'autres. »

Sa mère sanglotait. Molly n'entendit pas le reste de la conversation, mais elle comprit qu'ils complotaient.

Le lendemain, le père ordonna à Sally, Édith et Molly de s'habiller chaudement et de l'accompagner dans la forêt pour cueillir du houx afin de le vendre au marché. Leur mère les embrassa, les larmes aux yeux. À l'abri des regards, Molly avait dérobé des pommes flétries et du fromage dur sur la table et les avait enfouis dans ses poches.

Ils marchèrent si longtemps dans la forêt que Molly ne reconnaissait pas l'endroit où ils se trouvaient. La neige formait des congères. Une fois le groupe arrivé dans un endroit couvert d'épais buissons de houx, le père donna à Sally un petit couteau pour couper les branches. Il dit à ses filles qu'il allait vers un autre coin rempli de houx et qu'il viendrait les chercher sur le chemin du retour.

Molly le suivit, mais il le remarqua et la ramena auprès de ses sœurs. Il avertit Sally et Édith que si Molly ne restait pas avec elles, aucune d'entre elles n'aurait à souper.

Lorsqu'il repartit, les sœurs de Molly la retinrent et elle ne put le suivre.

Molly Whupple

Plusieurs heures plus tard, l'ombre épaississait entre les arbres. Sally et Édith avaient coupé un fagot de houx. Molly, perchée sur un rocher, les regardait en boudant. « Il ne reviendra pas, dit-elle en soufflant sur le bout de ses doigts gelés à travers ses mitaines usées.

— C'est notre père, dit Sally. Bien sûr qu'il reviendra.

Édith enfouit ses mains sous ses aisselles et tapait des pieds pour se réchauffer. Des rides d'inquiétude plissaient son front. — Qu'est-ce que c'est que cette idée, Molly ?

— Un hibou me l'a dit la nuit dernière.

— Ignore-la, Édith, déclara Sally, car elle voyait qu'Édith se retenait de pleurer.

— J'ai faim ! gémit Édith.

Elles entendirent au loin l'appel d'un loup. Édith referma la bouche. Les trois filles se regardèrent. L'hiver était très rude.

— Il faut que nous partions, dit Molly en sautant à terre.

Sally commença à protester :

— Père a dit...

— Savez-vous combien de temps il nous a fallu pour arriver ici ? Si nous ne partons pas maintenant, nous allons nous perdre dans le noir. Tiens, prends une pomme et du fromage ».

Les trois jeunes filles, guidées par Molly, essayaient de retrouver le chemin de la maison, mais la neige avait recouvert leurs traces. Le crépuscule tombait, et la température diminuait. Sally serrait Édith contre elle pour se tenir chaud. Elles s'arrêtèrent afin d'évaluer leur situation.

« Donne-moi le couteau, Sally, ordonna Molly. Sally le lui donna, trop fatiguée et trop frigorifiée pour discuter.

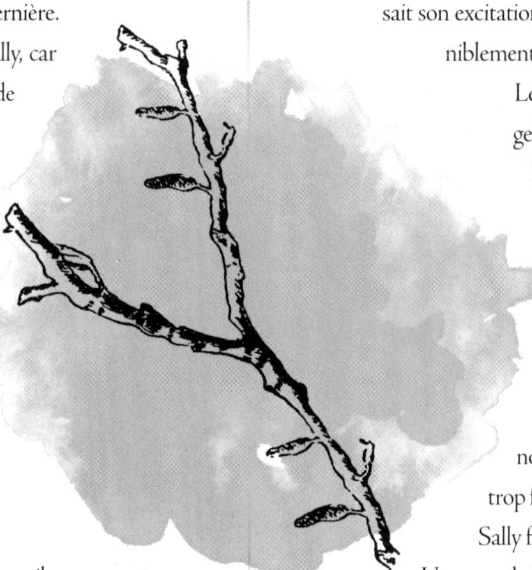

Molly fredonnait un petit air en regardant alentour. Elle finit par apercevoir un bosquet de noisetiers. Elle coupa une fine branche, la dépouilla de ses brindilles, obtenant ainsi une baguette de sourcier.

« Bâton de noisetier, fais ton travail, dresse-toi et guide-nous, montre-nous le chemin du gîte et du couvert », chanta-t-elle.

Le bâton tourna autour de Molly et se figea dans une direction. « Venez », dit Molly d'une voix aiguë qui trahissait son excitation. Sally et Édith avançaient péniblement derrière leur cadette.

Les fillettes étaient épuisées et gelées lorsqu'elles repérèrent une lueur à travers les arbres. Elles arrivèrent à une immense chaumière en bois à deux étages. De la fumée s'échappait de la cheminée. La porte et les fenêtres étaient deux fois plus grandes que la taille normale, mais ses sœurs étaient trop fatiguées pour s'en étonner.

Sally frappa à la porte.

Une grande femme efflanquée avec un long visage répondit. Un souffle de chaleur déferla sur les filles.

« S'il vous plaît, pouvez-vous nous prêter un abri pour la nuit ? demanda Sally à travers ses lèvres gercées. Nous sommes perdues et affamées.

La femme regarda autour comme pour vérifier s'il y avait quelqu'un. — Vous ne pouvez pas rester là. Mon mari est un ogre et il vous mangerait ».

Les trois filles la supplièrent de se reposer un moment et de manger un peu. La nuit était si cruelle et les filles si insistantes que la femme céda.

Elle s'appelait Greta ; elle fit asseoir les sœurs en face de la grande cheminée, leur offrit du lait de chèvre et une tranche de pâté de viande à chacune.

Tandis qu'elles se léchaient les doigts, elles sentirent des pas assourdissants s'approcher de la maison.

La porte s'ouvrit en claquant et un ogre se tenait dans l'embrasure, une carcasse de cerf sur le dos. Il fronçait ses sourcils broussailleux, et dit d'un air renfrogné :

« Hum, hum, ça sent la chair fraîche.

— Ne dis pas de sottises, Willibert, dit Greta. Voici Sally, Édith et Molly, et elles allaient mourir dehors. Elles partiront dès l'aube, n'est-ce pas, les filles ? »

Elles hochèrent la tête en silence, terrifiées par l'ogre.

Il s'assit à sa table, la mine renfrognée. Sa femme disparut dans une arrière-salle avec le cerf, et revint avec un immense plateau de charcuterie qu'elle posa devant lui. Il s'y attaqua avec enthousiasme. En peu de temps, il ne resta plus qu'un tas d'os, qu'il fendit avec les dents pour sucer la moelle. Il ne cessait de fixer les trois jeunes filles.

Après avoir mangé, Greta conduisit les filles à l'étage, dans une chambre sombre. Il y avait là un grand lit dans lequel dormaient trois jeunes ogresses. Dans un soupir, Greta dit à Sally, Édith et Molly qu'il s'agissait de leurs triplées. Greta tira la couverture au pied du lit, et les sœurs s'y glissèrent. Le lit était si grand que leurs pieds ne touchaient pas ceux des triplées.

L'ogre apparut sur le seuil. Il passa trois chaînes en or autour du cou de ses filles. Puis il les embrassa sur le front.

Molly plaqua ses mains sur sa bouche, car le craquement des os et les éclaboussures de sang lui donnaient envie de hurler.

Il passa ensuite trois cordes en crin de cheval rugueux autour du cou de Molly et de ses sœurs, et fit un nœud coulant. « Gardez-les », dit-il d'un ton bourru. Sally et Édith, qui dormaient presque, s'exécutèrent sans se plaindre. L'ogre remarqua l'air suspicieux de Molly. « C'est pour votre sécurité, expliqua-t-il. Le froid fait sortir les bandits. Nous saurons s'ils essaient de vous enlever. » Molly passa la corde et se coucha. Greta et l'ogre sortirent de la chambre.

Bien qu'épuisée, Molly ne s'endormit pas. Dès que tout le monde fut endormi, elle échangea les colliers en crins de cheval autour de son cou et de celui ses sœurs avec les chaînes en or des triplées. Elle se recoucha et attendit, en restant éveillée.

Le plancher ne tarda pas à craquer devant la chambre. Molly avait les yeux mi-clos. La main de l'ogre attrapa les cordes en crin de cheval. D'un coup sec, il tira violemment les ficelles à lui. Les nœuds coulants se refermèrent aussitôt autour du cou des triplées, étouffant tous les sons.

Elles tombèrent en tas au sol. L'ogre leva un grand gourdin et battit les ogresses à mort. Molly plaqua ses mains sur sa bouche, car le craquement des os et les éclaboussures de sang lui donnaient envie de hurler. Elle avait la nausée, mais garda le silence. Quelques instants plus tard, L'ogre sortit de la chambre.

Toute tremblante, Molly resta dans le lit jusqu'à ce qu'elle entendit le bruit des ronflements de l'ogre à côté. En silence, elle réveilla Sally et Édith, et leur dit qu'il fallait partir. Molly insista tellement, et elles avaient si peur de l'ogre, qu'elles obéirent sans protester. Elles descendirent sur la pointe des pieds, et Molly remplit toutes leurs poches de nourriture. Elles sortirent de la maison. Ce n'était pas encore l'aube, mais le ciel était clair, et il n'y avait pas de neige. Les jeunes filles suivirent un sentier qui menait à une route. Puis elles se mirent à courir aussi vite et aussi longtemps que possible. Au lever du soleil, elles arrivèrent au château du duc Wendell.

Les jeunes filles furent conduites auprès du duc et Molly lui raconta toute l'histoire. Tout le monde connaissait l'ogre car il terrorisait la région.

Le duc fut impressionné par le courage et l'intelligence de Molly. Il fit préparer un bain pour les trois sœurs et leur offrit de nouveaux vêtements. Puis elles furent conviées à déjeuner avec le duc et sa famille. Le duc était veuf et avait trois fils : Frédéric, Oswald et Harald. Sally et Édith furent immédiatement attirées par les deux aînés. Molly leva les yeux au ciel et se concentra sur son repas.

Elle remarqua trois tertres funéraires encore frais, qui contrastaient avec la neige, à l'arrière de la maison.

Quelques jours plus tard, le duc convoqua Molly dans son cabinet privé. « Veux-tu que je fasse parvenir un message à tes parents ? demanda-t-il.

— Jamais ! répondit Molly avec véhémence. Nous prendrons désormais notre destin en main.

Le duc observa Molly un long moment. — Ta sœur Sally a passé beaucoup de temps avec mon fils aîné, Frédéric.

Molly croisa les bras. — Vous trouvez qu'elle n'est pas assez bien pour lui ?

Le duc se mit à rire. — Peut-être qu'elle le serait… si tu voles l'épée de l'ogre. Sa lame magique traverse toutes les armures et tue de la moindre égratignure. Elle fait de lui un ennemi terrible à combattre.

— Je vais y réfléchir », dit-elle.

Molly partit sur le champ à la recherche de Sally, qu'elle trouva occupée à broder le nom de Frédéric sur un vêtement de lin.

« Tu l'aimes ? » demanda Molly.

Sally rougit, mais elle passa une heure à passer en revue toutes les qualités de Frédéric, de son nez retroussé à ses talents d'équitation.

Molly soupira, secoua la tête, et accepta le marché du duc. Elle consulta une carte, puis s'habilla chaudement avec des grandes bottes, un pantalon en cuir et un manteau bien ajusté. Les vêtements appartenaient à Harald, le plus jeune fils du duc. Il la vit glisser sur une lourde cape de laine alors qu'elle se préparait à partir.

Il la fixa et Molly lui lança un regard furieux. « Si vous riez, ou dites à mes sœurs ce que je fais, je vous frapperai. Molly s'était bagarrée avec ses frères à maintes reprises et savait comment blesser un garçon.

Harald leva un sourcil à sa menace, et sourit. — Vous êtes ravissante ».

Elle lui frappa le bras en passant.

Molly tailla une autre baguette de sourcier pour retourner à la maison de l'ogre. Une fois sur place, elle resta un certain temps cachée dans un arbre voisin, observant Greta et le train-train de l'ogre. Elle remarqua trois tertres funéraires encore frais, qui contrastaient avec la neige, à l'arrière de la maison. Molly pensa aux trois jeunes filles, mortes parce que l'ogre avait essayé de les tuer, elle et ses sœurs. Elle serra les lèvres avec détermination.

Tard dans l'après-midi, tandis que Greta était occupée dans les écuries et que l'ogre était parti, un grand gourdin sur l'épaule, Molly se faufila dans la maison, et fouilla rapidement les chambres à la recherche de l'épée. Dans la chambre de l'ogre, elle finit par la découvrir accrochée au-dessus du lit. À ce moment-là, l'ogre revint, et Molly se retira dans la chambre des filles. Le sol avait été nettoyé, mais les taches de sang étaient encore visibles. Elle se glissa sous le lit et se cacha le restant de la soirée.

Molly attendit plusieurs heures que le couple fût profondément endormi avant de se glisser dans la pièce. Elle devait se tenir debout sur le bord du cadre de lit pour atteindre l'épée.

Heureusement, cette épée avait été façonnée pour un être humain, et non pour un ogre, si bien qu'elle put la soulever.

Comme elle posait le pied sur la première marche de l'escalier, celle-ci émit un grincement terrible. L'ogre se réveilla en sursaut et se mit à rugir.

Molly s'enfuit dans les escaliers et sortit de la maison, l'épée attachée sur son dos. Derrière elle retentissaient les pas tonitruants de l'ogre. Molly avait planifié son chemin de retour et devait traverser une immense rivière aux flots rapides et glacés.

Arrivée au bord de la rive gelée, elle arracha un cheveu de sa tête.

Eau jaillissante,
Vive et puissante,
Laisse-moi franchir ce pont
Sur cet étrange cheveu long.

Elle jeta le cheveu au sol. Il transperça la boue, grandit et s'étendit sur l'eau. Molly prit une profonde inspiration et courut lestement sur le pont formé par le cheveu. Quand elle eut atteint l'autre rive, elle vit l'ogre déraper au bord de l'eau. Il ne supporterait pas son poids. Furieux, il frappa le sol de son gourdin. Il n'y avait pas d'autre pont à des lieues à la ronde. Molly courut jusqu'à une clairière voisine, où elle avait demandé au duc de lui laisser un cheval.

Quand elle arriva, elle trouva Harald sur un autre cheval qui l'attendait.

« Père ne s'attendait pas à ce que vous surviviez, lui dit Harald alors qu'elle montait sur son cheval.

— Il ferait mieux d'honorer son marché.

— Oh, il le fera. Cette épée était à mon grand-père. Il sera ravi de la revoir. »

Effectivement, le duc était ravi qu'une arme si puissante retournât à sa famille. Avec sa bénédiction, Sally et Frédéric se fiancèrent.

Quelques semaines plus tard, le duc trouva Molly en train de jouer à un jeu d'échecs avec Harald dans une pièce tandis que Sally parlait de ses projets de mariage avec Frédéric. Édith et Oswald riaient dans un coin, essayant de composer une chanson pour un luth. Le duc fit signe à Molly et ils s'en allèrent discuter dans le jardin.

« Édith et Oswald semblent très liés, dit le duc. Molly acquiesça car ils étaient toujours ensemble. Leurs sentiments évidents faisaient l'objet de bien des conversations au château. Les mariages coûtent cher… poursuivit-il.

Molly pencha la tête vers lui. — Laissez-moi deviner, l'ogre possède un trésor.

— Il a volé assez d'or pour organiser au moins deux fastueux mariages… »

Plus tard, Harald trouva Molly vêtue pour une expédition. « Je vais vous accompagner, dit-il.

— Non ! C'est ma responsabilité. La seule personne qui sera blessée si j'échoue, c'est moi. »

Harald essaya de discuter avec elle, mais elle refusa de l'écouter. Elle finit par accepter qu'il la rencontrât le soir même avec les chevaux au même endroit que précédemment.

Molly retourna chez l'ogre qu'elle espionna, ainsi que sa femme. Ils semblaient plus vigilants, et il se passa quelques heures avant que Molly eût une occasion. Elle se faufila dans la maison et se dirigea tout droit vers la chambre de l'ogre. Lors de ses précédentes recherches, elle n'avait pas découvert d'or, elle était donc sûre qu'il se trouvait dans cette pièce.

Elle venait juste de trouver le gros sac de pièces sous l'oreiller de l'ogre lorsque la porte claqua. Molly se glissa sous le lit de l'ogre qui alla droit dans sa chambre se plaindre à sa femme qu'il avait de la fièvre. Il resta couché dans son lit le restant de la soirée, le matelas penché vers le nez de Molly. Il toussa, éternua, et se plaignit.

Durant la nuit, presque assourdie par les ronflements de l'ogre, Molly se glissa en dehors du lit. Avec une lenteur angoissante, elle tira peu à peu le sac de pièces sous l'oreiller de l'ogre endormi.

Cette fois, elle se souvint de la marche qui grinçait, mais avant d'y parvenir, elle trébucha sur une des chaussures de l'ogre. Il ouvrit les yeux et la repéra immédiatement. « Encore toi ! » tempêta-t-il en bondissant.

Molly dévala les escaliers, sortit de la maison, suivie par les grondements et les rugissements de l'ogre. Cette fois, la rivière était encore plus large et plus rapide à cause de la fonte des neiges, et elle arracha un cheveu de sa tête pour créer un pont.

Elle avait presque traversé la rivière, lorsque l'ogre sauta lourdement de l'autre côté. Cette fois, il arracha le cheveu de la boue. Il le secoua très fort et Molly fut projetée dans la boue sur l'autre rive. Il hurla en voyant Molly se relever, couverte de boue, et agiter la main pour lui dire au revoir.

Lorsqu'elle arriva vers Harald un peu plus tard, couverte de boue, il faillit tomber de son cheval tant il riait. Elle ne lui parla pas sur tout le chemin du retour.

Fidèle à sa parole, le duc annonça les fiançailles d'Édith et Oswald, et Molly passa une bonne partie des mois suivants à essayer d'éviter ses deux sœurs et leurs discussions sans fin sur les robes, les invitations et les recettes des plats raffinées du mariage.

Sally et Frédéric se marièrent au début de l'été, Molly ayant été contrainte, pour l'occasion, de porter une robe de soie couleur émeraude. Après la cérémonie, Harald et elle parlèrent pendant presque tout le repas de stratégie d'échecs et ne commencèrent à danser que lorsque Sally les y força tous les deux. Molly découvrit que cela lui plaisait plus qu'elle ne le croyait.

Une semaine plus tard, tandis qu'elle était dans la bibliothèque du château en train de lire une histoire de magie et d'aventure, le duc entra et ferma la porte derrière lui. Elle le connaissait assez bien pour savoir que son expression sérieuse trahissait son trouble.

« Harald m'a parlé de toi, dit-il.

Les joues de Molly s'empourprèrent un peu. — Voulez-vous que je cesse de le battre aux échecs ?

— Harald a été promis à la prêtrise lorsqu'il était enfant. Cet automne, il partira pour commencer ses études.

Molly se demandait si l'air avait soudainement quitté la pièce. — Oh, fut tout ce qu'elle put dire.

— Il ne veut pas y aller.

Un sourire s'étira sur les lèvres de Molly. — Oh.

— Il ne peut pas facilement se retirer. Je dois donner au cardinal un cadeau en compensation.

Elle soupira. — Et l'ogre possède un tel cadeau ?

— Tu es une fille intelligente, Molly. Il s'agit d'un anneau en or que l'ogre porte tout le temps. C'est une relique du saint patron du cardinal. Il libérera Harald de sa promesse en échange de cet objet qu'il vénère.

— Ne dites pas à Harald pourquoi je fais cela. »

Le duc acquiesça.

Elle avait presque traversé la rivière, lorsque l'ogre sauta lourdement de l'autre côté.

Deux jours plus tard, Molly quitta le château avant l'aube.

Cette fois, elle se glissa chez l'ogre et versa un somnifère dans sa bière, avant de se cacher sous son lit. Elle avait emporté une motte de beurre. Lorsque les ronflements de l'ogre et de sa femme secouèrent la chambre, Molly enduit lentement de beurre le petit doigt de l'ogre et fit glisser l'anneau. Au moment où elle fit tomber la bague dans sa poche, l'ogre se réveilla, la saisit par le poignet, et la suspendit au-dessus du sol.

« Maintenant, je t'ai attrapée, Molly ! Que vais-je bien pouvoir faire de toi ?

Molly répondit du tac-au-tac :

— Enfermez-moi dans un sac et suspendez-le à un crochet. Allez chercher votre gourdin dans le hangar et battez-moi à mort.

— Excellente idée ! »

L'ogre traîna Molly en bas des marches et Greta les suivit. Il demanda à Greta de lui donner un sac de jute, jeta Molly dedans, et la suspendit à une patère. Il sortit de la maison avec fracas pour aller chercher son gourdin.

Dès que l'ogre fut sorti, Molly soupira bruyamment. « Oh, si seulement vous pouviez voir ce que je vois.

Greta dit d'un ton sec : — C'est un sac de patates ! Il n'y a rien là-dedans, à part toi.

Molly claironna de nouveau. — Oh, si seulement vous pouviez voir ce que je vois.

Greta commença à se demander si Molly avait réussi à jeter un sort. — Dis-moi ce que tu vois, la supplia-t-elle.

— Je ne peux pas, vous devez venir voir vous-même.

C'est trop merveilleux ! Venez donc voir !

Dévorée par la curiosité, Greta dénoua le sac et en fit sortir Molly. Elle y passa la tête.

— Je ne vois rien ! se plaignit-elle.

— Penchez-vous un peu plus, dit Molly, et au moment où Greta le fit, Molly la poussa dans le sac, le noua et le referma. Greta fit un grand vacarme, et Molly se cacha derrière la porte.

L'ogre surgit et frappa le sac avec son gourdin. Sa femme hurla : « C'est moi, imbécile ! » Mais Molly s'était déjà enfuie dans la nuit. Elle entendit beaucoup de jurons et de fracas derrière elle. Il semblait que le mari et la femme se livraient un combat furieux.

Au moment où elle atteignit la rivière, Molly entendit l'ogre loin derrière elle, mais la rivière était beaucoup moins large et agitée. Elle appela le pont et arriva à la clairière.

Harald attendait, et lorsqu'il la vit, une expression de soulagement passa sur son visage. Molly monta sur son cheval, et ils commencèrent leur long voyage de retour vers le château.

« As-tu obtenu ce que tu voulais ? » lui demanda-t-il tandis qu'ils cheminaient sous un ciel azur.

Elle tendit la main et lui passa l'anneau au doigt.

Le Petit Chaperon Rouge

Dans un village à l'orée d'une grande forêt vivaient une couturière nommée Nadine et sa petite fille Charlotte. Nadine était très douée en couture et toutes les dames distinguées de la région la sollicitaient. Elle avait appris son métier de sa propre mère, qui vivait dans une chaumière au milieu de la forêt. Charlotte avait toujours de beaux vêtements car sa mère et sa grand-mère lui confectionnaient toujours quelque chose de nouveau.

Charlotte aimait par-dessus tout une cape rouge à capuchon que sa grand-mère lui avait cousue. Elle était brodée de motifs de fées et de fleurs, et Charlotte la portait si souvent que tout le monde en ville la reconnaissait immédiatement. Les habitants l'avaient surnommée le petit chaperon rouge.

Un jour, Nadine présenta à sa fille un manteau neuf. Il était de la couleur d'une prairie verte au printemps, avait une poche secrète à l'intérieur, et était bordé d'un ruban de soie. « Tout le monde t'enviera, dit Nadine à sa fille en l'ajustant sur Charlotte. Cette cape rouge est trop courte et un peu usée maintenant. »

Charlotte remercia sa mère, mais elle suspendit le manteau à l'arrière de sa penderie. La semaine suivante, chaque fois qu'elle sortait de la maison avec son manteau rouge, sa mère s'écriait : « Pourquoi portes-tu ce vieux truc ? Mets ton nouveau manteau à la place. » Charlotte se sentait obligée de se changer pour faire plaisir à sa mère. Mais elle était chagrinée car tantôt on ne la reconnaissait pas, tantôt on lui faisait remarquer à quel point elle avait grandi.

Quelques jours plus tard, Nadine travaillait dur sur une nouvelle commande quand elle reçut un mot de son amie Annette annonçant que la mère de Nadine était malade. Blanchisseuse, Annette lavait le linge dans la rivière qui coulait dans la forêt, et pour rendre service à Nadine, elle passait souvent vérifier si la mère de Nadine se portait bien.

Nadine appela Charlotte dans son atelier. Annette était en train de boire une tasse de thé tandis que Nadine coupait du tissu. Comme d'habitude, elle portait au poignet un petit coussin planté d'épingles.

« Il faut que tu rendes visite à ta grand-mère demain, dit Nadine à Charlotte, sans quitter des yeux le modèle qu'elle coupait. Apporte-lui un pot de lait et je lui ferai cuire du pain.

Annette se mit à rire : – Du lait ! Pour ta mère ?

Nadine réfléchit, puis corrigea : – Prends une bouteille de vin à la place. »

Le lendemain, Charlotte mit son manteau rouge et mit le vin et le pain dans un panier d'osier. Quand elle dit au revoir à sa mère, Nadine remarqua le manteau, et sourit. « Ne lui dis pas que je t'en ai fait un nouveau. » Nadine embrassa sa fille sur le front et lui ordonna de prendre le plus court et le plus sûr chemin jusqu'à la maison de sa grand-mère.

Charlotte balançait joyeusement son panier en se promenant dans le village, et aimait entendre tout le monde lui dire « Bonjour, petit chaperon rouge ! ». C'était une belle journée, et Charlotte apprécia la promenade.

À la sortie du village, il y avait un croisement. Si elle continuait tout droit, elle serait à la maison de sa grand-mère en peu de temps, mais si elle tournait à gauche, elle passerait dans un champ rempli de fleurs. Charlotte décida de prendre le sentier le plus long et le plus joli qui passait par là et traversait la forêt. « Je vais cueillir des fleurs pour redonner le sourire à Grand-Mère », pensa Charlotte.

Quelque temps plus tard, elle aperçut des bûcherons en train d'abattre des arbres et elle leur adressa un signe de la main. « Petit chaperon rouge ! » lui lancèrent-ils. L'un d'eux siffla d'admiration, mais elle leva le nez en l'air en signe de désapprobation. Les hommes éclatèrent de rire, et elle pressa le pas.

Encore plus tard, elle aperçut un homme assis contre la souche d'un arbre à regarder la route. Elle lui adressa un signe poli de la tête. Il bondit avec agilité et souplesse, et s'inclina devant elle le chapeau à la main.

« Bonjour, jolie jeune fille, dit-il d'une voix rauque et profonde, où vas-tu ?

Charlotte ralentit, mais continua de marcher.

– Bonjour Monsieur. Je vais chez ma grand-mère malade.

Les yeux de l'homme étaient presque orange à l'ombre des arbres, et Charlotte n'avait jamais vu d'homme aussi poilu.

– Les braves filles comme toi doivent se méfier de se promener seules dans la forêt, dit-il d'une voix qui ressemblait presque à un grognement.

Elle entendit derrière elle le grincement et le craquement de la chute d'un arbre.

– On n'est jamais seul dans la forêt, répondit Charlotte, une chose que sa grand-mère disait souvent. Il me suffirait d'un cri pour rameuter un groupe de bûcherons avec leurs haches.

– Oui, c'est vrai. Mais peut-être aimeraient-ils découper à la hache une fille comme toi. L'homme s'approcha et renifla d'une manière qui rappela à Charlotte celle d'un chien.

– À condition qu'ils me rattrapent. Je suis rapide, et en plus, je sais me défendre.

– Ah oui, ma chère ? dit-il en se rapprochant davantage.

– Oh oui, je sais très bien me servir d'un couteau.

L'homme vit que Charlotte avait tiré un poignard de son manteau et le pointait directement sur son ventre.

Son rire ressemblait à un aboiement.

– En voilà une délicieuse surprise, dit-il.

Charlotte serra plus fort le poignard et desserra son bras tenant le panier.

– Ma grand-mère connaît tout de la forêt, et me l'a enseigné. »

L'homme leva le nez, comme s'il sentait quelque chose.

– Est-ce vrai, ma douce ? J'aimerais bien la rencontrer un jour. Pour discuter des choses de la nature.

– Connaissez-vous cette chanson ? demanda Charlotte qui chantonna cet air :

Allez-vous en, tous les méchants,
Disparaissez de la forêt
Allez-vous en, tous les méchants,
Laissez-moi me promener en paix. »

À ces mots le visage de l'homme se tordit en une grimace, il s'éloigna d'elle et s'enfonça dans la forêt. Il brassait l'air comme s'il essayait d'attaquer quelque chose d'invisible. Avant de disparaître, il s'écria, ses yeux jaunes brillant dans l'obscurité : « Attention à ne pas trébucher, jeune fille ! »

Charlotte garda le poignard dans sa main sur le sentier, jusqu'à ce que les arbres fussent plus clairsemés. Une prairie d'herbe luxuriante et de grandes fleurs s'étendait devant elle. Le soleil brillait et Charlotte chantonnait tout en cueillant un bouquet de fleurs odorantes.

Au bout d'un certain temps, elle remarqua que le soleil passait sous la ligne des arbres, et elle se hâta de retourner sur le sentier. Il faisait plus sombre maintenant, alors elle accéléra le pas jusqu'à ce qu'elle aperçût le contour familier de la chaumière de sa grand-mère. Charlotte frappa à la porte et s'écria : « Grand-Mère, c'est Charlotte ».

Elle crut entendre comme un bruit de tabouret tomber par terre, mais une voix faible et rauque lui répondit : « Entre, ma petite. Je suis trop malade pour me lever de mon lit. »

Inquiète, Charlotte souleva le loquet de la porte et entra. Les volets étaient entièrement clos, et en dehors du feu, il n'y avait que peu de lumière dans la grande pièce. Le lit de sa grand-mère, qui se trouvait à droite, était entassé d'oreillers et de couvertures.

> Charlotte pouvait à peine distinguer la lueur dans les yeux de sa grand mère sous son bonnet de nuit blanc.

Charlotte pouvait à peine distinguer la lueur dans les yeux de sa grand-mère sous son bonnet de nuit blanc.

« Comment te sens-tu, Grand-Mère ? demanda Charlotte.

– Je viens juste de manger quelque chose, cela m'a ragaillardie.

Charlotte posa son panier sur la table de la cuisine, et ôta son manteau. – Ta voix est affreusement rauque, veux-tu que je te verse un peu de vin ? Maman m'a donné une bouteille et une miche de pain pour toi.

Sa grand-mère toussa. – Non, ma chérie, j'en ai déjà dans ma tasse. Veux-tu en boire une gorgée ? Tu dois avoir très soif. Elle est là, sur la commode. »

Charlotte aperçut la tasse en terre cuite posée sur la commode en chêne. Elle était surprise. Sa grand-mère buvait toujours du vin dans un gobelet en verre raffiné qu'elle avait hérité de sa mère.

Charlotte prit la tasse, mais fronça immédiatement le nez. « Il est aigre, Grand-Mère.

– Je sens son arôme d'ici, et cela me donne l'eau à la bouche. Goûte-le.

– Comme tu as un bon odorat, Grand-Mère, mais tu dois être très malade, car cela ne sent pas du tout le vin.

– Ne refuse pas l'hospitalité de ta grand-mère. Bois ! »

À ce moment, elle sentit le gros chat roux de sa grand-mère, Félix, se frotter contre ses jambes. Elle se pencha pour lui gratter les oreilles, et il la regardait avec ses yeux émeraude. Une voix ronronnait : « C'est du sang, pas du vin. »

« Jette une chaussure à ce chat bruyant », gronda la grand-mère.

Charlotte se recula, mais elle était surprise par les paroles de sa grand-mère qui adorait son animal.

– Comme tu as une bonne ouïe, Grand-Mère, on l'entend à peine.

– Laisse cette sale bête, et bois ! Je m'occuperai de lui plus tard.

Charlotte porta la tasse à ses lèvres et fit semblant de prendre une petite gorgée. D'aussi près, le contenu de la tasse sentait une odeur de boucherie, et son estomac en fut tout retourné. Elle remarqua que la tasse était tiède, et que les côtés étaient collants. Elle eut un haut-le-cœur, mais s'efforça de dire « Merci Grand-Mère ».

– Apporte-moi la tasse, et laisse-moi te regarder.

Charlotte avança jusqu'au chevet de sa grand-mère, et lui tendit la tasse. Les mains de sa grand-mère la frôlèrent, et elle fut frappée à quel point elles étaient velues.

D'aussi près, le contenu de la tasse sentait une odeur de boucherie, et son estomac en fut tout retourné.

– Comme tes mains sont poilues, Grand-Mère, je n'avais jamais remarqué avant. Charlotte disait toujours ce qu'elle pensait, ce que Nadine lui reprochait souvent.

– Cela arrive en vieillissant, mon amour.

Grand-Mère aspira le vin bruyamment. Elle sembla même lécher la tasse.

La grand-mère de Charlotte étant pointilleuse sur les bonnes manières à table, cela semblait inhabituel. Sa grand-mère posa la tasse sur la table de chevet, et dans la pénombre, ses yeux orange brillaient de plaisir.

– Tes yeux… Charlotte se tut, car elle pensa que pour une fois, elle ne devrait peut-être pas formuler cette pensée à haute voix.

– Sont grand ouverts pour mieux te voir. Viens plus près, car je ne vois pas clair.

En se penchant, Charlotte sentit une odeur de musc qui lui rappela la fourrure d'un chien mouillé qui a couru dans la forêt pour traquer ses proies. Sa grand-mère fit un sourire, un grand sourire, trop grand, et avec beaucoup trop de dents acérées.

– Approche-toi et embrasse ta grand-mère, dit-elle, la voix rauque. Elle serra une main velue sur le poignet de Charlotte, et la traîna sur le lit.

– Vous n'êtes pas ma grand-mère ! s'écria Charlotte.

C'était l'homme de la forêt, qui ressemblait plus à un loup qu'à un homme maintenant.

– Elle n'a pas reconnu le loup à sa porte, et tu disais qu'elle était si maligne. Il grogna. Je lui ai ouvert le ventre et j'ai mangé son cœur. J'ai gardé une tasse de sang, juste pour

toi, ma chérie ! Embrasse-moi, petit chaperon rouge, et je me régalerai de ta chair. »

Il tira Charlotte à lui. Elle cria et lutta, mais il hurla de triomphe. Elle saisit la tasse et l'écrasa contre son visage. Il poussa un cri et la laissa partir.

Elle courut vers la porte. Derrière elle, le loup jurait de douleur. Charlotte fut hors de la chaumière en un instant et courut se cacher dans la forêt. Elle y avait joué toute sa vie et la connaissait bien. Elle alla droit vers la rivière.

La porte d'entrée s'ouvrit en claquant, et l'homme hurla : « Cours vite, petite Charlotte, mais tu ne m'échapperas pas. Je sens ton odeur. Je te poursuivrai par-delà le feu et les océans. » Charlotte entendit claquer et grincer, mais ne se retourna pas. Elle passait sous les branches et sautait par-dessus les racines des arbres, assaillie de panique, pour arriver là où Annette travaillait.

Elle arriva haletante sur la rive pierreuse, et aperçut Annette et les autres blanchisseuses de l'autre côté. Elles chantaient, bavardaient et riaient. Les jupes d'Annette étaient relevées aux genoux car elle battait un drap blanc. La rivière qui séparait Charlotte des femmes était profonde et rapide.

« Au secours ! » hurla Charlotte, et un terrible hurlement de faim déchira l'air. Tous les visages des femmes se tournèrent vers ce bruit. Elles l'avaient déjà entendu. Annette vit la terreur gravée sur le visage de Charlotte.

En un clin d'œil, Annette fit tournoyer le lourd drap humide au-dessus de sa tête, et murmura quelques mots. Il s'allongea soudain et devint aussi raide qu'une planche qu'elle jeta sur l'eau. Les autres blanchisseuses tenaient les bords du drap pour assurer sa stabilité. Charlotte se précipita dessus, se débattant au milieu des éclaboussures, manquant tomber dans la rivière. Lorsque Charlotte eut traversé, le drap redevint mou et Annette l'enroula.

« Il l'a tuée ! dit-elle en pleurant, lorsqu'elle tomba dans les bras d'Annette. Il a tué ma grand-mère. C'est un loup. Il a dit qu'il me retrouverait, où que j'aille, et il me tuera. »

Les femmes se regardèrent. Plusieurs de leurs amies avaient disparu. « Cache-toi derrière ces paniers, » lui ordonna Annette, et Charlotte s'exécuta.

Tous les visages des femmes se tournèrent vers ce bruit. Elles l'avaient déjà entendu.

L'homme déambulait le long de la rivière, feignant de ne pas être pressé, mais il reniflait l'air en souriant. Il cachait son visage de loup. « Bonjour Mesdames, lança-t-il. Y a-t-il un chemin pour passer la rivière ? J'ai une chemise qui a besoin d'être lavée, si vous voulez bien.

Annette lui sourit en se trémoussant.

– Si vous enlevez cette chemise, je veux bien. Je vais vous faire un pont. »

Elle prit le drap, le fit tourner au-dessus de sa tête, et il devint aussi dur qu'une planche. Elle le lança au-dessus de la rivière.

Après avoir posé le premier pied sur la planche, l'homme hésita et jeta un œil au courant rapide et bouillonnant. Cela semblait le perturber. Il avança prudemment en regardant l'eau et non l'autre rive.

Charlotte l'observait derrière les paniers, transie de peur.

Quand il fut à mi-chemin, Annette cria : « Arrêtez ! »

Pour la première fois l'homme leva les yeux, et il n'apprécia pas l'expression sur son visage.

« J'ai entendu dire que les loups déguisés en hommes ne peuvent pas se transformer dans l'eau. Voyons cela. » Elle tapota le drap et il s'effondra. L'homme tomba dans l'eau en faisant une énorme gerbe. Annette fit tournoyer le lourd drap qui s'enroula autour du corps du loup, lui immobilisant les membres. Il se débattait et hurlait, mais s'empêtrait encore plus. Le courant de la rivière l'emporta et le traîna en aval, le projetant contre les rochers.

La dernière vision qu'elles eurent de lui fut un morceau de drap ensanglanté avant de disparaître sous l'eau bouillonnante.

Charlotte se leva en tremblant, et Annette la prit dans ses bras. Les femmes l'escortèrent jusqu'à la maison de Nadine.

À l'enterrement de sa grand-mère, Charlotte portait son manteau rouge, et les gens chuchotaient : « C'est le petit chaperon rouge. Elle a rencontré le loup, et a survécu. »

Cendrillon

Dans un grand cimetière bordé de conifères, Grace pleurait : on venait de mettre en terre le cercueil de sa mère. Son père se tenait près d'elle, la mine sinistre et affectée par le choc. Plus tard, dans la maison familiale, Grace ne pouvait pas supporter d'être parmi les gens et de se promener dans le jardin. Elle s'assit à côté de l'étang que sa mère aimait et regarda le poisson d'ornement nager dans l'eau.

Le plus gros poisson, un magnifique spécimen aux rayures rouges et or, mit le nez hors de l'eau : une noisette en équilibre s'y trouvait. Une voix dit : « Enterre-la dans le jardin, et tu auras toujours l'aide de ta mère. »

Grace choisit un endroit calme pour la planter. Elle pleura sur le petit monticule de terre qui lui rappelait l'enterrement. Ses larmes tombèrent sur le sol et l'arbre se mit immédiatement à germer.

En une année, le noisetier avait entièrement poussé et donnait beaucoup de noisettes. Les animaux aimaient bien cet arbre : les écureuils bondissaient le long de son tronc pour venir chercher des noisettes, et les oiseaux venaient y nicher. Chaque fois que Grace avait peur ou était bouleversée, elle aimait s'asseoir à l'ombre rafraîchissante de ses feuilles, en écoutant le vent faire bouger les branches et les oiseaux chanter. Elle s'imaginait que c'était la voix de sa mère qui lui donnait des conseils.

L'année suivante le père de Grace épousa une séduisante veuve nommée Amélie et qui avait deux jolies filles, Élisabeth et Julie. Avant le mariage, Amélie avait toujours traité Grace avec bonté, mais dès qu'elle et ses filles emménagèrent dans la maison, tout changea.

Amélie dit à son nouveau mari que Grace était paresseuse et irrespectueuse, et qu'elle n'aimait pas les nouvelles venues. Élisabeth et Julie inventèrent des histoires, disant que Grace avait brûlé leurs robes et volé leurs bijoux. Le pire de tout, Amélie raconta à son mari des histoires sur la mère de Grace, parvenant même à semer le doute sur le fait qu'il fût bien le père de Grace. Elle lui rappelait constamment que les cheveux de Grace étaient châtains alors que les siens étaient blonds, qu'il était petit et que Grace était grande. Au fil du temps, il devint plus distant envers sa fille.

Au bout de deux mois, Amélie avait le contrôle du foyer.

Elle donna la chambre de Grace à Élisabeth, et tous les vêtements de Grace à Julie. La bonne fut renvoyée et Grace forcée de faire son travail, vêtue de haillons, et de dormir à côté de la cheminée dans la cuisine. Un jour, Élisabeth surnomma Grace Cendrillon, parce que Grace était souvent couverte des cendres de l'âtre. Depuis ce jour, les trois femmes n'appelèrent plus Grace que Cendrillon.

Les autres domestiques furent remplacés, et au bout de six mois, personne ne savait que Grace était une jeune fille noble. Comme la maîtresse de maison traitait Grace si mal, les autres domestiques passaient leur temps à lui donner des corvées supplémentaires, à la frapper, ou à la blâmer pour tout incident. Le soir, Grace se couchait souvent sur une paillasse au coin du feu, affamée, fatiguée et meurtrie.

Lorsqu'elle trouvait un peu de temps, Grace s'asseyait sous le noisetier dans le jardin et priait pour que sa mère l'aidât. Tout ce qu'elle entendait en réponse était le roucoulement des colombes blanches qui nichaient dans ses branches.

Un an après l'arrivée d'Amélie et ses filles, un page du roi vint proclamer une annonce. Le fils du roi, le prince Édouard, était en âge de se mettre en quête d'une épouse. Son père faisait tenir trois bals, auxquels toutes les nobles dames du royaume, et au-delà, étaient invitées.

Amélie et ses filles étaient dans tous leurs états. Pendant des semaines, elles ne parlèrent que de leurs trois robes, de la façon dont elles coifferaient leurs cheveux, et ce qu'elles diraient au prince pour le charmer. Grace, qui avait le sens du style, permit à Amélie d'économiser beaucoup d'argent en ajustant elle-même les robes et en arrangeant leurs coiffures.

Dans son for intérieur, Grace désespérait. Elle se rendait compte que plus elle en faisait pour les trois femmes, plus il lui serait difficile de se débarrasser d'elles. Un après-midi, elle essaya de rencontrer son père en privé afin de lui demander de nouveaux vêtements pour le bal. Amélie l'intercepta, et la punit pour avoir tenté d'interrompre son père alors qu'il travaillait.

Elle conduisit Grace à la cuisine où le cuisinier avait des marmites à récurer.

Le jour du premier bal arriva, et Grace fut occupée dès l'aube à aider sa belle-mère et ses sœurs à se préparer. Elle repassa les robes, ajusta les volants, boucla les cheveux, laça les corsets, fit briller les bijoux, et appliqua le maquillage. Le soir venu, les trois femmes offraient un spectacle éblouissant.

« Je parie que tu adorerais aller au bal », dit Élisabeth à Grace d'une voix cruelle alors qu'elles attendaient l'arrivée de leur carrosse devant la maison.

Le père de Grace regarda sa fille, et ses traits s'adoucirent. Amélie le remarqua tout de suite. « Elle nous gênerait en aussi prestigieuse compagnie. Elle n'arrive même pas à garder les ongles propres ! »

Grace cacha ses mains derrière son dos, et son père se détourna d'elle. Le carrosse arrivait, et il aida Élisabeth et Julie à monter à l'intérieur. Amélie saisit Grace par le bras, et lui murmura dans un sifflement : « Ne crois pas que je ne t'ai pas vu essayer d'amadouer ton père. Il y a une bassine de

lentilles dans la cuisine. Trie-les d'ici notre retour ou cela ira mal pour toi. »

Son père se tourna pour aider sa femme à monter dans la voiture. Amélie sourit gentiment à Grace, et lui tapota la joue. « Profite de ta soirée, » lui dit-elle d'une voix doucereuse.

Grace se retira dans la cuisine et découvrit l'énorme bassine de lentilles. Elle s'affala sur la grande table, se demandant comment elle allait accomplir cette tâche. Un étrange tapotement à la porte attira son attention et elle l'ouvrit. Deux colombes se posèrent sur la table.

L'une d'elles pencha la tête vers Grace. « Veux-tu que nous t'aidions ? » Elle avait une voix remarquablement proche de celle de la mère de Grace.

Grace fut temporairement muette de surprise, mais après avoir repris ses esprits, elle répondit : « Oui, s'il vous plaît ! »

Elle étala les lentilles sur la table et à toute vitesse, avec une précision incroyable, les colombes séparèrent les bonnes lentilles des graines flétries.

Grace regarda avec étonnement, et se mit à rire. Elle exultait. Elle avait l'impression de ne pas avoir souri depuis longtemps.

Lorsque les deux tas furent triés, la seconde colombe demanda : « Voudrais-tu aller au bal ?

– Mais bien sûr !

– Lave-toi, puis rends-toi près du noisetier. Secoue le tronc et ouvre la noisette qui tombe. »

Grace fit ce qu'on lui demandait, et lorsque la noisette tomba de l'arbre, elle la cogna contre une pierre. Elle s'ouvrit facilement. Quelque chose brillait à l'intérieur. Elle tira dessus et comme par miracle, une robe de soie en sortit. Elle était indigo comme le ciel et brodée d'étoiles. Il y avait aussi deux chaussures ornées de perles et des bijoux en forme d'étoiles. Des larmes de gratitude jaillirent dans les yeux de Grace.

Les colombes se posèrent sur une branche au-dessus de Grace. « Ne tarde pas. Habille-toi. Nous appelons ton carrosse. »

Les colombes cognèrent le noisetier avec leurs becs. Le tronc s'ouvrit en gémissant. Un carrosse en cuivre, tiré par quatre chevaux blancs, surgit. Un cocher et un valet, vêtus d'une livrée noire, accompagnaient le carrosse.

Le valet sauta et ouvrit la porte à Grace. Elle le remercia et monta. Les colombes voletaient près de la fenêtre. « Tu dois être de retour à minuit, car l'enchantement disparaîtra ».

Elle promit de s'en souvenir, et fit un signe d'adieu.

Le carrosse de Grace fut l'un des derniers arrivés au château, mais il provoqua un certain émoi parmi les invités. Tout d'abord, personne ne connaissait les armoiries sur ses portes, et tout le monde fut frappé par l'élégance et la beauté de la jeune femme qui en sortit.

Le prince Édouard était dehors, déjà épuisé par les bavardages et la pression du flot de femmes qui cherchaient à attirer son attention. Il se tenait près de son meilleur ami Arthur, qui tentait de repousser les dames les plus énervantes.

Il y avait aussi deux chaussures ornées de perles et des bijoux en forme d'étoiles.

« Je me sens comme un taureau aux enchères ! se plaignait Édouard à Arthur. À quoi a bien pu penser mon père ? Ils prenaient une pause dans l'embrasure d'une porte, d'où ils pouvaient regarder celles qui arrivaient afin de débroussailler le terrain.

Arthur haussa les épaules : – À tout ce qu'un roi de père pense : la succession et les enfants ! Il en a assez d'attendre. Élisabeth et Julie étaient toutes les deux jolies.

Édouard leva les mains en l'air : – Tout comme le reste, flagorneuses et fausses. Et que dire de leur mère terriblement arrogante !

– Voilà pourquoi ton père prend les choses en mains. Tu en attends trop. »

Une vague de murmures atteignit les deux jeunes gens, et ils remarquèrent Grace gravir les marches.

Arthur poussa Édouard. « Quelle beauté ! » Mais son ami ne répondit pas, car il la regardait comme s'il avait été frappé par la foudre.

« Est-ce trop d'espérer qu'elle soit aussi intelligente ? » Édouard la suivit, impatient de la découvrir.

Les hommes étaient déjà agglutinés autour de Grace quand Édouard la rattrapa, mais ils s'écartèrent pour lui céder le passage. Il lui demanda la première danse, puis la deuxième, et la troisième… Il ne la quitta pas de toute la soirée.

Comme minuit approchait, Grace se rappela la mise en garde des colombes, et envoya Édouard lui chercher un rafraîchissement. Comme elle descendait les marches, le carrosse arrivait et le valet l'aida à monter. Le prince Édouard apparut en haut des marches et l'appela, mais le cocher fit claquer son fouet et le carrosse disparut au loin.

Grace fut de retour avant minuit, et au douzième coup le carrosse s'évanouit. Elle cacha les beaux vêtements dans la noisette, mit sa robe couverte de haillons, et frotta des cendres sur son corps et ses cheveux. Lorsque sa belle-mère et ses sœurs rentrèrent, elles ne parlèrent que de la mystérieuse dame avec laquelle le prince avait dansé toute la nuit. Grace aida les femmes à se déshabiller, et essaya de ne pas sourire à leurs spéculations sur l'identité de la femme.

Le lendemain, Grace était debout de bonne heure pour aider Amélie, Élisabeth, et Julie à s'habiller pour le deuxième bal. À un moment, Amélie remarqua Grace sourire et fredonner en épinglant des fleurs dans les cheveux d'Élisabeth.

« Qu'est-ce qui te rend si heureuse ? demanda Amélie d'un ton cassant.

– Vous aider à vous faire belle pour le bal me rend heureuse, répondit-elle. Les trois femmes considérèrent Grace d'un regard dur et suspicieux.

Amélie pensa porter le coup de grâce à sa belle-fille. – Tu en as fini avec nous. Il y a un grand sac de graines dans la cuisine. Sépare les bonnes des mauvaises d'ici notre retour. »

De la cuisine, Grace entendit le carrosse qui s'en allait au bal avec les trois femmes. Elle trouva le grand sac de graines au moment même où les colombes apparaissaient et lui offraient de nouveau leur aide. En peu de temps les graines furent séparées en deux tas. « Secoue le noisetier, lui dirent-elles, tu découvriras ce que tu porteras ce soir. »

Folle de joie, Grâce fit ce qu'on lui demandait, et quand elle ouvrit la noisette, elle découvrit une robe de soie verte brodée de fleurs, des chaussures argentées, et un collier de pierres précieuses étincelantes. Les colombes appelèrent le carrosse qui cette fois, était en argent et conduit par des chevaux noirs.

Au château, le prince Édouard attendait son arrivée avec impatience. De nombreux invités remarquèrent son air distrait, et en firent reproche au roi car le prince n'accordait pas une attention égale à leurs filles. Le roi écoutait en hochant la tête avec sympathie, mais il était secrètement réconforté par la dévotion que son fils portait à la jeune femme.

Dès que Grace apparut dans la salle de bal, le prince Édouard lui demanda de danser, et il n'eut d'yeux que pour elle le restant de la nuit.

Le couple passa son temps à rire et à parler, mais Grace éluda toutes les questions sur son passé, refusant même de donner son nom au prince. « Ce soir, laissez-nous juste être un homme et une femme, sans titres ni attentes, et qui aiment être ensemble », dit-elle.

Comme minuit approchait, Grace essaya de détourner Édouard pour pouvoir partir, mais il était déterminé à rester avec elle aussi longtemps que possible.

Elle réussit à s'échapper peu avant minuit, mais Édouard s'y était préparé. Son ami Arthur attendait dans un carrosse, et lorsque celui de Grace partit, Arthur le suivit. Grace s'en aperçut, et cria au cocher d'aller plus vite. Il fit claquer son fouet et les chevaux doublèrent leur vitesse. Un épais brouillard se forma derrière le carrosse et obscurcit la route. Au bout de quelques minutes, Arthur dut abandonner la poursuite. Édouard était déçu, mais bien décidé à ne pas perdre sa compagne la nuit suivante.

Grace sortit du carrosse au moment même où il disparut. Elle se hâta de cacher sa tenue, et redevint Cendrillon.

Plus tard dans la nuit, Amélie et ses filles rentrèrent de méchante humeur. Il était évident pour tout le monde que

Il lui demanda la première danse, puis la deuxième, et la troisième… Il ne la quitta pas de toute la soirée.

le prince ne s'intéressait qu'à une femme. En se déshabillant, elles se plaignirent amèrement de leur rivale et imaginèrent tout un tas de choses désagréables sur elle et sur ses intentions envers le prince. Grace garda une expression neutre, malgré son envie de rire.

Quelques heures plus tard, Grace affronta une autre longue journée de préparatifs avec Amélie et ses filles. Elle les écoutait échafauder des plans pour attirer l'attention du prince et discréditer la mystérieuse inconnue. Amélie remarqua la bonne humeur de Grace, et l'envoya à la cuisine pour trier un seau de pois avant de partir au château.

Une fois encore, les colombes arrivèrent et trièrent les petits pois, et Grace courut au jardin découvrir sa dernière tenue. Ce soir-là, ce fut une robe de soie dorée, avec des pantoufles dorées et un diadème en or. Le carrosse était doré, et tiré par quatre chevaux chatoyants comme le soleil.

Son arrivée au bal provoqua une grande agitation, car personne ne pouvait rivaliser avec la beauté et le style de Grace. Le prince parut immédiatement aux côtés de Grace, et ne la quitta plus de la soirée. À un moment, Élisabeth feignit s'évanouir devant le prince tandis que Julie tentait de renverser du vin sur Grace qui, au courant de leur plan, évita Julie. Au lieu de cela, le vin rouge atterrit sur le visage et la robe d'Élisabeth. Les deux jeunes filles se mirent à se disputer jusqu'à ce qu'Amélie les séparât, leur reprochant de se donner en spectacle.

Cette nuit-là, Grace se laissa submerger par la joie de la soirée : la musique entraînante, la danse, la nourriture, et son beau partenaire si attentif. Elle ne savait pas ce qui allait se passer, alors elle savourait chaque instant avec le prince. Soudain, Grace prit conscience qu'il était presque minuit. Elle parvint à échapper à Édouard, mais un peu plus tôt, Arthur avait pris soin de répandre du goudron sur les marches pour la ralentir. Elle lutta pour atteindre le carrosse qui l'attendait, consciente que le temps fût compté. Édouard se tenait en haut de l'escalier et l'appelait.

L'une des chaussures de Grace resta coincée dans le goudron collant, et Grace dut sauter dans le carrosse. Celui-ci s'élança, mais il ne put la transporter que sur une courte distance avant de disparaître. Grace dut finir le chemin à pied, avec une seule chaussure. Elle n'arriva que quelques minutes avant sa belle-mère et ses sœurs, mais celles-ci étaient tellement en colère à cause des événements de la nuit, qu'elles ne remarquèrent même pas que Grace avait le visage et les mains propres.

Le prince recherchait sa cavalière, et il possédait sa pantoufle. Celle qui la chausserait deviendrait sa femme.

Après la frénésie des préparatifs de bal, la vie ralentit à la maison, mais Amélie et ses filles déchargeaient leurs frustrations sur Grace. On lui faisait monter et descendre les escaliers, chargée de provisions, en la raillant cruellement et en la giflant parfois.

Grace se remémorait les instants précieux des trois soirées joyeuses, notamment la manière dont Édouard la tenait dans ses bras pendant qu'ils dansaient. Une fois, Amélie la gifla car elle rêvassait, mais Grace ne versa pas une larme. Elle était déterminée à ne jamais pleurer de nouveau devant les trois femmes. En fait, elle commençait à élaborer des plans pour s'échapper et prendre son destin en main. Après avoir goûté à la liberté et au bonheur, elle n'était plus disposée à accepter l'humiliation et l'esclavage. Amélie remarqua le changement de Grace dans son comportement et tripla sa charge de travail.

Une semaine plus tard, un page du roi se présenta avec une nouvelle proclamation : le prince recherchait sa cavalière, et il possédait sa pantoufle. Celle qui la chausserait deviendrait sa femme.

Le prince se rendit de maison en maison, et Élisabeth et Julie attendaient fiévreusement leur tour, toutes excitées. D'abondantes rumeurs rapportèrent que la chaussure était exceptionnellement petite et conçue pour un mignon petit pied, mais les deux jeunes filles avaient des pieds minuscules et étaient persuadées qu'elle irait à l'une d'elles.

Le jour arriva enfin où le prince leur rendit visite. Grace le regarda arriver de la fenêtre de la cuisine, et son cœur battit plus vite. Amélie et leurs filles avaient concocté un plan pour éloigner Grace. Quand le prince montra à Élisabeth la chaussure, elle demanda d'aller l'essayer dans une autre pièce par pudeur.

Le prince y consentit, et Amélie accompagna sa fille dans la pièce à côté. Malgré tous ses efforts, Élisabeth ne put faire entrer son talon dans la chaussure. Amélie prit un couteau. « Je vais te couper un bout de talon, dit-elle. La douleur passera vite lorsque tu seras couronnée reine. »

Élisabeth pâlit, mais acquiesça. Elle plaqua ses mains sur sa bouche, et étouffa ses cris lorsque sa mère lui tailla une partie du talon. Le sang coula, et elles essayèrent d'endiguer le flot. Élisabeth mit la chaussure et marcha faiblement dans la pièce où le prince attendait.

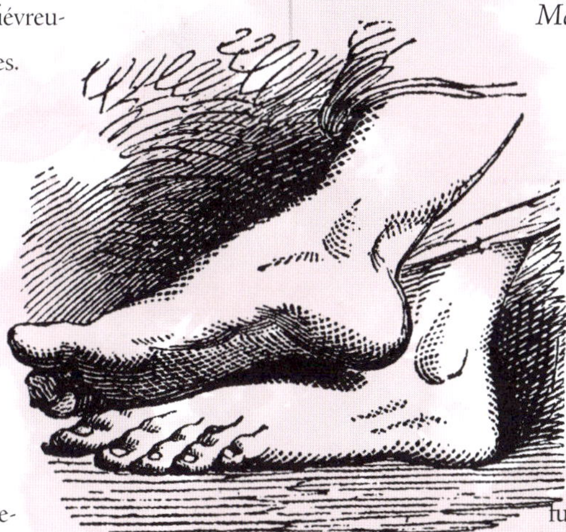

Il fut surpris, car il savait qu'Élisabeth n'était pas la femme qu'il aimait, mais il avait donné sa parole, et la chaussure lui allait. Édouard endurcit son cœur, se préparant à faire ce qu'il fallait.

À ce moment, deux colombes cognèrent à la fenêtre et chantèrent :

La chaussure est passée
Mais on l'y a forcée,
Le talon est coupé,
Il ne cesse de saigner.

Le prince se pencha plus près et vit une tache de sang sur la chaussure. « S'il vous plaît, retirez votre pied, » ordonna-t-il.

Élisabeth essaya de protester mais le prince insista. Quand il vit la chair mutilée, il fut écœuré, mais heureux qu'elle eut échoué.

« Que votre autre fille l'essaie, » ordonna-t-il.

Cette fois, Amélie persuada le prince qu'elle avait besoin de nettoyer la chaussure ensanglantée, et elle l'emporta dans la pièce d'à côté avec Julie.

Julie pouvait rentrer le talon, mais pas les orteils. Amélie tenait le couteau.

« Je vais te couper les deux plus petits orteils, dit-elle. La douleur passera vite lorsque tu seras couronnée reine. »

Julie manqua s'évanouir de douleur lorsque sa mère lui scia les orteils, mais ensuite son pied mutilé rentra dans la chaussure.

Le visage du prince s'assombrit lorsqu'il vit Julie marcher avec raideur dans la pièce. Cette fois, il se douta de la tromperie, lorsque les colombes voletèrent à la fenêtre pour l'avertir.

« Madame, montrez-moi votre pied », dit-il. Amélie et Julie protestèrent, et demandèrent au prince de respecter sa promesse. Le prince avertit cependant Julie que la trahison était passible de pendaison.

Julie retira la chaussure, révélant son pied mutilé.

Le prince contenait son exaspération : « Avez-vous d'autres filles ? » demanda-t-il à Amélie.

Elle sourit et répondit non.

À ces mots, les colombes firent grand tapage à la fenêtre.

Elle n'a pas d'autre fille, il est vrai,

Mais une autre vit ici, elle le sait.

Le prince se leva et ordonna à Amélie d'aller immédiatement chercher la jeune femme.

Malgré la crasse et les chiffons, le prince reconnut immédiatement Grace. Il la conduisit à une chaise et lui ordonna de s'asseoir. Il s'agenouilla devant elle et lui passa la chaussure. Ils se levèrent, s'enlacèrent, et s'embrassèrent pour la première fois devant Amélie et ses filles, médusées.

Puis Grace sortit les trois noisettes de sa poche et montra à Édouard ses merveilleuses robes. Elle sortit l'autre pantoufle dorée et la chaussa.

Pour leurs mensonges, Amélie et ses filles furent déchues de tous leurs titres et privilèges. Elles durent travailler dans les cuisines du château. Grace plaida la clémence pour son père, mais le prince ne pouvait pas lui pardonner d'avoir traité cruellement sa fille. « Vous avez bon cœur, mon amour, mais il servira dans les cuisines avec sa femme, aussi longtemps que vous avez dû les servir, » ordonna-t-il.

Édouard et Grace se marièrent le jour même. Deux colombes blanches entrèrent dans l'église, et déposèrent les alliances dans les mains des jeunes mariés.

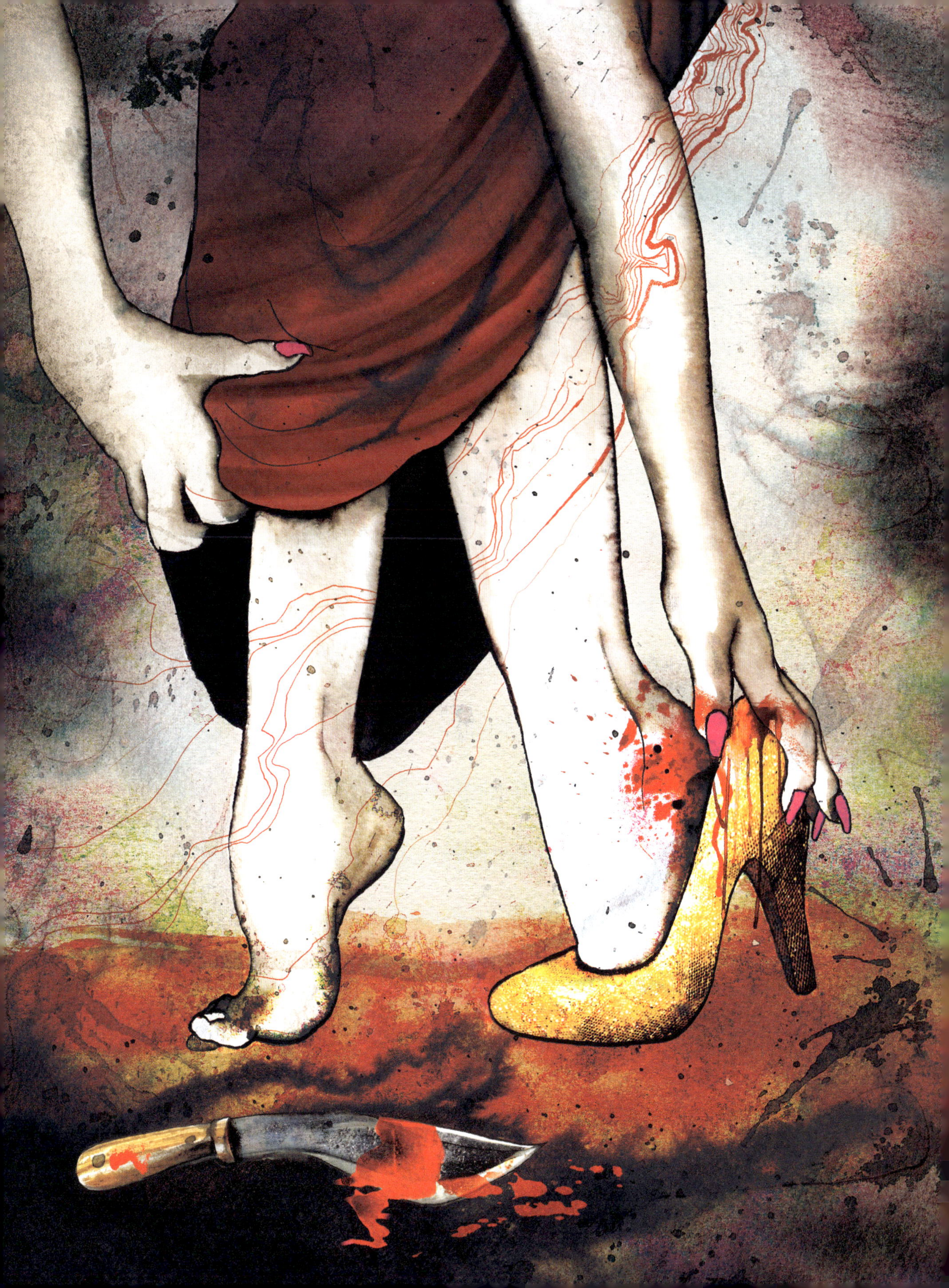

La Belle et la Bête

Il y a bien longtemps, dans une ville portuaire, vivait un riche marchand qui faisait commerce d'épices et de tissus avec l'Orient. Il avait trois fils et trois filles, dont la plus jeune était sa fierté et sa joie. Elle était si gentille et si séduisante que tout le monde l'appelait la Belle — en dehors de ses deux sœurs Félicie et Adélaïde, qui l'appelaient « le rat de bibliothèque ».

Félicie et Adélaïde aimaient les fêtes et les robes, et ne comprenaient pas pourquoi leur sœur préférait la bibliothèque et la compagnie des livres. Elles décidèrent de penser que la Belle se croyait mieux qu'elles, alors elles s'en prenaient à elle à la moindre occasion. Leurs frères étaient épris de chasse et de jeu, et voyaient rarement leurs sœurs, sauf le dimanche au petit-déjeuner ou lors d'une soirée.

Pourtant, il advint une catastrophe : à cause d'une série d'investissements imprudents, et de la perte de ses navires de commerce dans une tempête, le marchand fit faillite du jour au lendemain. Ses confrères exprimèrent leur tristesse face à son malheur, mais refusèrent de l'aider. Les banques saisirent ses biens. Le seul bien qui lui resta était la maison de famille de son épouse décédée à la campagne. Ses enfants étaient stupéfaits. Ils étaient habitués à avoir tout ce qu'ils désiraient. Ne pas posséder ou travailler étaient des situations qui leur étaient étrangères.

Félicie et Adélaïde espéraient au moins qu'un de leurs prétendants les épouserait. La nouvelle de la ruine de leur père se répandit cependant comme une traînée de poudre, et les filles découvrirent que leurs soupirants étaient trop occupés pour les rencontrer. Les invitations à des fêtes se firent rares et les anciens amis de la famille ne les saluaient plus dans la rue.

Le fils aîné entra dans l'armée, tandis qu'un autre partit en apprentissage chez un orfèvre. Les autres membres de la famille emballèrent leurs quelques affaires et quittèrent la ville pour la chaumière à la campagne. Heureusement pour la Belle, personne ne voulait des livres, et elle put en apporter beaucoup avec elle. Le plus jeune fils Ludovic prit goût à l'agriculture, et la Belle commença à apprendre à s'occuper du foyer. La santé de leur père empira à cause du stress, et il passait la plupart de ses jours dans son étude, passant au crible ses abondants documents.

Félicie et Adélaïde détestaient la campagne. Elles se moquaient des coutumes et des vêtements de leurs voisins et devinrent donc impopulaires. Le changement fut aussi un choc pour la Belle, mais elle décida d'en tirer le meilleur parti. Les habitants ne tardèrent pas à s'éprendre de la Belle, et au bout d'un certain temps, elle n'était jamais à court d'aide si elle en avait besoin. Plusieurs hommes la demandèrent en mariage, mais la Belle refusa, disant qu'elle voulait s'occuper de son père. Cela rendait Félicie et Adélaïde encore plus furieuses. Elles en vinrent à traiter la Belle comme leur servante. Si jamais elles la voyaient prendre quelques instants pour lire, elles lui reprochaient sa paresse. De leur côté, elles étaient toujours trop faibles pour faire le ménage. La Belle, consciente de la mauvaise santé de son père et des frustrations de ses sœurs, refusait de discuter avec elles.

En de rares occasions, elle gravissait une colline alentour et regardait les nuages passer en souhaitant qu'elle pût s'accrocher à eux et s'éloigner de tous ses ennuis.

Six mois plus tard, son père apprit que l'un de ses navires était rentré au port. Il décida de partir dans l'espoir de récupérer de l'argent. Félicie et Adélaïde, folles d'enthousiasme, le harcelèrent pour qu'il leur rapportât des vêtements et des bijoux. Quant à la Belle, elle demanda simplement une rose. Félicie et Adélaïde se moquèrent de sa décision.

Le voyage du marchand fut un échec. Les marchandises du navire furent prises par ses créanciers pour couvrir ses dettes. Au bout d'une semaine, il rentra chez lui sur son cheval avec quelques babioles pour faire plaisir à ses filles. Absorbé par sa détresse et ses soucis, il fut pris dans une tempête et s'égara. Il se retrouva en pleine campagne, dans une région étrange, aveuglé par l'obscurité, détrempé et affamé.

Un éclair illumina plusieurs portails sculptés et couverts de lierre. Il réussit à les ouvrir et à s'y faufiler avec son cheval. Les écuries étant propres et sèches, il y laissa sa monture et se rendit dans la demeure principale pour y demander un abri.

La porte du manoir s'ouvrit. Il fut émerveillé par sa taille majestueuse, sa décoration élégante et son riche mobilier. Il ne trouva personne à l'intérieur, mais des bougies étaient allumées dans la salle à manger. Le couvert était dressé pour un convive, avec un copieux repas composé d'un faisan, de légumes et de vin. Il attendit que quelqu'un apparût, puis finit par manger son repas en formulant des remerciements à voix haute. Il trouva ensuite une chambre à coucher avec un bon feu, et il se reposa pour la nuit.

Au matin, une nouvelle tenue l'attendait. Le soleil brillait, et il était ragaillardi. Il se demandait qui pouvait être son bienfaiteur invisible tandis qu'il marchait à travers les élégants jardins jusqu'aux écuries. L'un d'eux était consacré aux roses, et lorsque le marchand passa près de lui et sentit le parfum des fleurs, il se souvint de sa promesse à la Belle.

Il cueillit une grande rose de la couleur de l'aube au printemps, et il entendit alors un grondement féroce et un reniflement. Une créature portant des vêtements de gentilhomme, mais avec une énorme tête de sanglier et des défenses saillantes, une queue de scorpion, et des griffes aux doigts, se précipita vers lui.

Le marchand cria sous le choc, ce qui enragea la créature. Celle-ci dominait le marchand, le regard flamboyant et les griffes sorties, comme si elle était sur le point de tordre le cou du vieil homme.

« Pitié ! s'écria le marchand qui se recroquevilla.

– Voleur ! Je t'ai donné un abri et de la nourriture et tu me remercies en volant ma rose préférée. Fais la paix avec ton créateur car tu vas mourir aujourd'hui.

– Monseigneur…

– Ne me flatte point ! Appelle-moi la Bête, car c'est ce que je suis, et les bêtes n'épargnent pas ceux qui font intrusion chez elles.

– C'était pour ma plus jeune fille, s'il vous plaît, épargnez-moi, la Bête, car je ne pourrai pas partir en paix sans revoir son doux visage.

La bête contint sa colère avec un effort visible.

– Tu as une fille ?

– J'en ai trois, mon bon sieur.

– Et t'aiment-elles ?

Le marchand réfléchit, et se rendit compte qu'il s'interrogeait sur les vrais sentiments de Félicie et Adélaïde, mais qu'il était certain de la dévotion de la Belle. Un immense amour jaillit dans son cœur pour tous ses enfants et il ne put qu'acquiescer, la voix étranglée par l'émotion.

– Tu peux alors rentrer chez toi pour leur dire adieu. Si l'une d'entre elles revient à ta place, je t'épargnerai. La bête approcha son visage près de celui du marchand, si bien que ses défenses piquèrent le visage du vieil homme sous les yeux. – N'essaie pas de me tromper. Si toi, ou l'une de tes filles, ne revient pas, je te traquerai, t'étriperai sous les yeux de ta famille, et je la massacrerai ensuite.

Tremblant, le marchand acquiesça de la tête. La Bête donna la rose au marchand.

– J'espère qu'elle en valait la peine. »

Il escorta le marchand jusqu'à l'écurie, et harnacha son cheval avec une belle bride. « Lorsqu'il sera temps de revenir, murmure à ton cheval : *Emmène-moi au palais de la Bête*, et elle connaîtra le chemin. » Le marchand fut en état de choc tout au long de son voyage de retour, ne sachant que dire à sa famille. Lorsqu'il approcha de sa maison, la Belle fut la première à le voir, et elle sortit en souriant. Il lui tendit la rose. En voyant l'amour et la joie sur son visage, il se mit à pleurer. Plus tard, entouré de son fils et de ses filles, il raconta son histoire. Ludovic était décidé à faire appel à ses frères pour chasser la Bête, et Félicie et Adélaïde accusèrent la Belle d'être responsable de la situation.

« Je prendrai votre place, père, déclara la Belle. Alors il se mit à pleurer de nouveau, car il ne pouvait pas imaginer une meilleure fille. Il se redressa. – C'était ma faute. Je vais passer la semaine prochaine avec vous, avant de faire face à mon destin. »

La Belle remarqua les joues grises de son père, et le tremblement de ses mains. Elle savait qu'il ne résisterait pas à un nouveau choc.

Le lendemain matin, la Belle se leva de bon matin, laissa un mot à son père, et passa la bride de la bête sur le cheval. « Emmène-moi au palais de la Bête », dit-elle.

Plusieurs heures plus tard, elle arriva aux portes envahies de lierre de la demeure de la Bête. Mais à l'intérieur, tout était

> “Appelle moi la Bête, car c'est ce que je suis, et les bêtes n'épargnent pas ceux qui font intrusion chez elles.”

en bon état. La Belle pansa son cheval et entra dans la maison. Elle avait peur, mais était déterminée à être courageuse. Elle explora les chambres, puis passa la plupart de son temps à la bibliothèque. Il y avait de grandes fenêtres sur un côté, par lesquelles la lumière pénétrait en abondance et d'où la vue était splendide, autrement, elle était bordée de livres du sol au plafond.

Le soir arriva sans qu'elle ne s'en aperçût. Quand elle entra dans la grande salle de réception, quatre statues de femmes portant des torches allumées dans les mains descendirent de leurs socles. La Belle laissa échapper un soupir de peur. Les statues tournèrent leurs visages vers elle, la regardant avec leurs yeux aveugles. Elles lui firent signe de les suivre. L'étrange cortège l'emmena dans une immense salle à manger dont la table était assez longue pour accueillir une trentaine de convives. La pièce était éclairée par des chandeliers, et un feu brûlait dans une cheminée en pierre sculptée de lions. Chaque statue prit une place dans un coin de la pièce. À une extrémité de la table, deux couverts avaient été mis, avec des assiettes en or et des verres en cristal.

La Belle s'assit et attendit. Quelques minutes plus tard, la porte s'ouvrit et la Bête entra dans la pièce. La Belle ouvrit grand les yeux et s'efforça de retenir un cri. Son père avait bien décrit la Bête, mais rien ne l'avait pourtant préparée à la vue d'une telle créature. Celle-ci portait un pourpoint de velours noir avec des manchettes en dentelle et un pantalon de soie. La Belle remarqua que la Bête ne portait pas de chaussures car ses pieds ressemblaient à des pattes de loup.

Le monstre s'approcha de la Belle avec précaution, comme pour lui laisser le temps de s'habituer à lui.

La Belle se leva par courtoisie pour le saluer, même si ses jambes tremblaient. Elle se demandait si elle allait être tuée ce soir ou le lendemain.

« Bonsoir, Monseigneur, dit-elle, et elle fut étonnée que sa voix ne tremblât point. Je m'appelle la Belle, et je suis venue à la place de mon père. C'est ma faute s'il a cueilli la rose. Je n'aurais jamais imaginé que cette simple demande puisse lui coûter la vie. »

Le monstre s'approcha, et son museau se plissa lorsqu'il prit une profonde inspiration, mais la Belle remarqua que ses yeux étaient doux. Sa queue claqua comme un fouet. «Êtes-vous venue de votre plein gré ? – Oui.

La Bête lui fit signe de s'asseoir, ce qu'elle fit. – Vous êtes une femme courageuse », dit le monstre d'une voix profonde, et il prit un couteau à découper. La Belle regardait chacun de ses mouvements, s'attendant à ce qu'il le plongeât dans son cœur. Au lieu de cela, il commença à couper de fines tranches de faisan avec beaucoup d'adresse.

« Vous êtes mon hôte, la Belle, lui dit-il en la servant. Vous ne manquerez de rien. Votre appartement a été préparé avec une garde-robe complète et un coffre-fort rempli de bijoux. Vous pouvez circuler librement dans la maison et les jardins. Je vous demande de dîner avec moi tous les soirs, mais je ne vous imposerai pas ma présence le reste du temps.

Sa voix s'altéra et il dit avec dégoût : – Je sais combien je suis horrible à voir.

– Mais pourrai-je partir ?

Il éleva la voix : – Si vous le faites, il en est fini de votre vie et de celle de votre père !

La Belle tressaillit. La bête se leva. – J'ai été brutal. Je m'excuse. Ma nature… Le monstre grogna : Je suis… j'étais un gentilhomme. Je ne vous veux aucun mal, la Belle. Je préfère mourir que de vous faire du mal, mais vous devez rester ici avec moi. Il sortit et rentra ses griffes, puis baissa le regard vers elles. Un son étranglé lui échappa. – Je vais partir pour la nuit. » Il s'inclina, et sortit de la pièce en courant.

La Belle mangea peu, et quand elle eut fini, les quatre statues la conduisirent sagement dans un appartement préparé pour elle. Comme la Bête l'avait promis, il y avait des robes et des bijoux, mais en déambulant dans les pièces au décor raffiné, la Belle fut frappée par le vide et le silence.

Le lendemain, le petit-déjeuner l'attendait dans un salon ensoleillé avec vue sur le jardin de roses. Cette pièce devint sa préférée car comme elle était petite et intime, la solitude lui pesait moins.

La Belle avait l'habitude de gérer un foyer et de prendre soin de sa famille, si bien que l'absence de tout ceci fut un choc. Tous ses repas étaient préparés pour elle, et si elle demandait à haute voix quoi que ce fût, cela apparaissait comme par magie un peu plus tard. Au début, ce luxe lui plut, mais très vite, elle connaissait tout le palais, de la plus petite mansarde à la cave, il n'y avait rien de nouveau à découvrir. Elle n'avait aucune compagnie durant la journée. Les statues ne s'animaient que si elles avaient quelque chose à lui montrer. La Belle passait une grande partie de son temps à lire dans la bibliothèque. Elle essayait de trouver des histoires sur le domaine ou la famille de la Bête, mais des espaces sur les étagères indiquaient qu'elles avaient été enlevées, tout comme les traces sur les murs où des portraits avaient été décrochés.

La Belle en vint à se réjouir de rencontrer la Bête au dîner. Au fil du temps, la Belle et la Bête passèrent plus de temps ensemble, à jouer aux cartes ou aux échecs, et à discuter de littérature et de philosophie.

« Je n'ai jamais lu, disait le monstre quand la Belle le complimentait sur sa connaissance des livres. Ils étaient assis près de la cheminée en pierre, buvant un verre d'eau-de-vie. Je ne pensais qu'au plaisir, à la chasse, et à être en compagnie d'autres personnes.

– Qu'est-il arrivé ?

La bête fixa le feu, ruminant. – Je suis devenu effrayant.

La Belle posa sa main sur son bras. – Vous avez bon cœur, la Bête.

À son contact, la Bête serra sa main hirsute sur la sienne. – Alors épousez-moi, la Belle !

La Belle recula, et voyant sa surprise, la Bête se mit à parler très vite : – Il faut que vous sachiez que je vous aime, la Belle, et que je peux vous donner tout ce que vous désirez : de l'argent, des robes…

La Belle retira sa main et se leva, les bras croisés. – J'avais tout ça ! Ma vie est désormais vide, tout comme cette maison très belle, mais c'est tout de même une prison. Lorsque j'ai tout perdu, tout ce qui me soutenait était ma famille… et leur amour. Elle se détourna pour que la Bête ne vît pas les larmes dans ses yeux.

– Ils vous manquent, dit le monstre de sa voix creuse. Elle acquiesça. – Alors venez avec moi. Il prit un bougeoir et la conduisit dans un cabinet où un banal petit miroir était accroché au mur. Il leva le bougeoir. – Il vous montrera ceux que vous aimez le plus. »

La Belle ne distingua d'abord que son visage et celui de la Bête, mais elle se concentra sur ceux qu'elle aimait. Elle vit d'abord Ludovic, un bras autour de Martha, la boulangère de la ville. De toute évidence, ils se fréquentaient. La surface du miroir s'embua, puis s'éclaircit, lui montrant ses deux sœurs ensemble, comme d'habitude, en train de bavarder et de broder un peu. Enfin, elle vit le cher visage de son père, un châle sur les épaules, assis dans son bureau, regardant par la fenêtre. Il avait l'air de quelqu'un d'endeuillé.

Le miroir redevint sombre. La Belle était si heureuse qu'elle étreignit la Bête. « Merci, murmura-t-elle, et elle l'embrassa sur la joue.

La Bête la laissa partir à contrecœur. – Vous ne pouvez l'utiliser qu'une fois par jour, mais vous pouvez venir ici autant que vous le souhaitez. »

La Belle trouva d'abord les longues journées tranquilles plus supportables depuis qu'elle pouvait voir sa famille. Elle essayait d'attendre midi, mais parfois elle le consultait dès qu'elle était habillée. Elle voyait son frère faire les préparatifs de son mariage, et ses sœurs réfléchir à de nouvelles tenues pour l'occasion, mais son père semblait rarement faire autre chose que rester assis en languissant.

Une fois, le visage de son père ayant disparu, une pensée lui traversa l'esprit : *je me demande ce que fait la Bête en ce moment.* Aussitôt, le miroir lui montra une image du monstre. Il était dans la forêt voisine, se cachant parmi les broussailles. Il ne portait pas de vêtements, et ce qu'elle pouvait voir de son corps était entièrement recouvert de poils épais. Il était accroupi à quatre pattes, très calme. Il y eut un mouvement soudain, et la Bête bondit, sauvage et rapide. Sa queue de scorpion fendit l'air et frappa un chevreuil au cou, puis elle l'égorgea. Le sang jaillit, et l'animal tomba au sol dans une dernière ruade.

Lorsqu'ils s'assirent au coin du feu, le monstre se pencha vers la Belle et lui prit doucement la main.

Un souffle s'échappa des lèvres de la Belle : « Oh, la Bête ! »

La Bête se retourna alors et regarda la Belle droit dans les yeux tandis que l'image s'évanouissait.

Au dîner, il y eut du gibier. La Bête était plus calme que d'habitude et mangeait. La Belle tentait de combler les silences en parlant de sa famille et du mariage à venir. Lorsqu'ils s'assirent au coin du feu, le monstre se pencha vers la Belle et lui prit doucement la main.

« Chère Belle, voulez-vous être ma femme ?

Les joues de la Belle lui brûlaient, et elle regarda ses yeux, si humains dans son visage de bête. – La Bête, vous avez été gentille avec moi et je vous estime beaucoup… La Bête lui lâcha la main. – Je sens un *mais*, dit le monstre.

– Vous êtes mon geôlier. Vous ne pouvez pas attendre d'une captive qu'elle épouse son geôlier ».

Il acquiesça et poussa un long soupir. – Je vais vous libérer. Il fouilla dans sa poche et en sortit une bague. – Faites tourner l'anneau trois fois et pensez à l'endroit où vous voulez être. Je vous demande d'utiliser l'anneau pour revenir dans sept jours… mais seulement si vous le désirez. »

Sur ce, il lui donna un gros sac de pièces d'or pour l'aider à prendre soin de sa famille et payer le mariage. Elle mit sa plus belle robe et fit sa malle. La Bête se tenait en face d'elle, désespérée. La Belle étreignit la Bête, et murmura : « Je reviendrai ».

Elle enfila l'anneau et le fit tourner trois fois. Elle se retrouva aussitôt dans sa chambre dans la ferme familiale. Elle

descendit les escaliers et trouva son père dans son étude. Il fut tellement surpris et ravi qu'il en perdit le souffle pendant un court instant, puis il se ressaisit et l'embrassa. Ludovic, Félicie et Adélaïde arrivèrent sur le champ et ce ne furent que cris et effusions. Les filles furent étonnées par sa jolie robe et son allure. La Belle offrit à chacun de beaux présents.

Plus tard, lorsqu'elle fut seule avec son père dans la cuisine, elle lui tendit le sac de pièces.

Il pleura et essaya de refuser. « J'aurais dû passer votre enfance à prendre soin de mon véritable trésor, mes enfants.

Elle lui saisit la main. – Vous avez fait ce que vous pensiez être le mieux. Maintenant, utilisez-le à bon escient. »

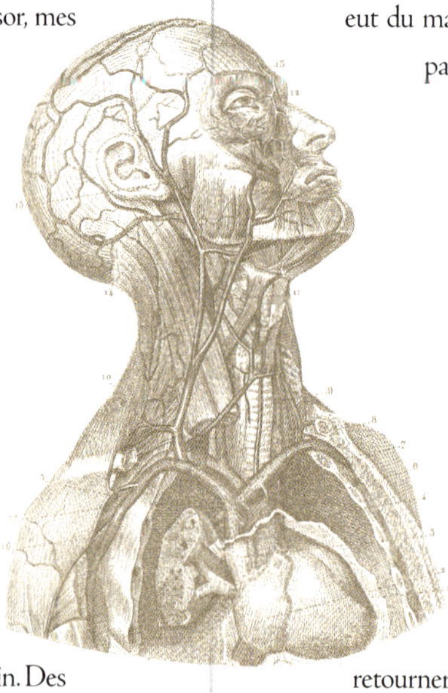

La Belle passa les journées suivantes à aider aux préparatifs du mariage, et à rencontrer les futurs beaux-parents de son frère. Le sixième jour, le mariage eut lieu, suivi d'une fête dans le jardin de la maison familiale. Les tables gémissaient sous le poids de la nourriture, des barriques de bière et des bouteilles de vin. Des musiciens jouèrent toute la journée, et tout le monde dansa.

La Belle était radieuse, même si elle avait pris soin de ne pas éclipser la mariée. Tous les hommes célibataires rivalisaient pour danser avec elle. Beaucoup lui faisaient des compliments, mais ne semblaient pas particulièrement intéressés par ce qu'elle avait à dire, attendant d'elle qu'elle les écoutât se vanter de leurs réalisations. Félicie et Adélaïde dansèrent plusieurs fois, mais elles restèrent assises la plupart du temps à bavarder.

Plus la Belle dansait, plus elle était lasse des conversations sans intérêt. Elle se demandait ce que faisait la Bête, songeant aux petites anecdotes qu'elle lui raconterait à son retour. Elle se rendit compte qu'elle souriait à cette pensée, et reconnut soudain qu'elle avait hâte de la revoir. À ce moment, son partenaire de danse l'entraîna à l'ombre d'un arbre et l'attira brusquement à lui.

« Arrêtez, murmura-t-elle, essayant de ne pas faire de scène afin de ne pas perturber les festivités.

L'homme se mit à rire, et essaya de l'embrasser. La Belle eut du mal à échapper à son emprise. – Ne joue pas les grandes dames ! ricana-t-il, et il avait des yeux de bête dans un visage humain. Nous savons tous que tu es la maîtresse d'un homme riche.

La colère monta en elle, et elle le repoussa. – Et nous savons tous que vous êtes un bouffon complètement ivre ! » Il essaya de la rattraper, mais cette fois elle lui échappa complètement.

Elle se retira dans sa chambre pour la nuit.

Le lendemain, la Belle se prépara pour retourner chez la Bête. Tout le monde la supplia de rester, ne fût-ce qu'une journée de plus. La Belle fut très surprise par les yeux rougis et les larmes de ses sœurs. Ce qu'elle ignorait, c'est qu'elles avaient utilisé des oignons pour cela. Elles espéraient que si leur sœur dépassait le délai, la Bête la dévorerait à son retour.

Le plus difficile pour la Belle fut de résister aux supplications de son père. Toute la famille la harcela jusqu'à ce qu'elle acceptât de rester un jour de plus. Cette nuit-là, elle fit un terrible cauchemar dans lequel la Bête hurlait de douleur dans la forêt, et elle courait vers elle. Quand elle finit par l'atteindre, sa fourrure était ensanglantée. Elle lui tendait ses mains griffues : « Vous avez oublié votre Bête. »

Lorsque la Belle se réveilla, ce n'était pas encore l'aube. Son cœur battait, et elle était emplie d'une terrible crainte. Elle s'habilla rapidement, laissa une lettre à sa famille, et fit tourner l'anneau pour retourner au palais de la Bête.

Elle la chercha partout, mais ne trouva aucune trace d'elle. Un grand repas avait été servi pour deux dans la salle à manger, mais rien n'avait été touché. Une unique rose était posée sur la table.

Elle trouva les statues et les supplia de lui dire où était la Bête, mais elles restèrent muettes et immobiles. Enfin, elle entra dans l'étude. Le miroir était brisé sur le sol.

Elle prit un petit morceau de miroir, et imagina la Bête. Elle aperçut une image trouble du monstre, étendu dans le jardin de roses.

La Belle quitta la pièce et courut au jardin. La Bête était immobile sur l'herbe, des pétales de rose éparpillés autour d'elle. La Belle se jeta près d'elle et passa les mains autour du visage de la Bête. « La Bête, réveillez-vous ! dit-elle. Le monstre ne répondait pas.

– Je suis là, comme je l'ai promis.

La Bête ouvrit les yeux, mais sa voix était faible.

– Je vous ai vu danser avec ces hommes. Ils étaient si beaux et si normaux. J'ai compris que quelqu'un comme vous ne pourrait jamais aimer quelqu'un comme moi. Je suis si malheureux.

La Belle se pencha et l'embrassa. – Ma chère Bête, dit-elle, vous êtes plus belle que tous les hommes avec qui j'ai dansé. Elle l'embrassa, comprenant à ce moment-là la profondeur de ses sentiments pour la Bête.

– Je vous aime. Voulez-vous m'épouser, la Bête ? »

Le monstre cria, et elle le laissa partir, de peur de l'avoir blessé. En réalité, il se métamorphosait. Ses défenses fondirent, sa queue disparut, il perdit sa fourrure, et son visage devint celui d'un beau jeune homme.

La Belle l'aida à se mettre debout, incertaine. Elle s'était habituée à la Bête. Cet homme était un étranger pour elle.

« Ma Belle chérie, vous m'avez libéré de la malédiction qu'un puissant magicien que j'ai offensé m'avait jetée. Je m'appelle Grégoire. » Puis il s'inclina et lui baisa la main.

Quand il leva les yeux vers elle, elle vit ses yeux familiers, et son cœur le reconnut.

« Je ne pouvais expliquer ni ma situation, ni comment briser le sort. Son sourire était un pur bonheur. J'avais cependant décidé depuis longtemps que je pourrais vivre comme une bête tant que vous resteriez dans ma vie. Vous laisser partir, sachant que vous pouviez choisir de ne jamais revenir, ce fut une douleur atroce.

La Belle tendit la main et toucha son visage.

– Bête ou homme, c'est vous que j'aime. »

Vous laisser partir, sachant que vous pouviez choisir de ne jamais revenir, ce fut une douleur atroce.

May et l'Elfe Chevalier

May fut ainsi baptisée car elle était née le premier jour du mois de mai, lorsque les fleurs parfumées n'avaient pas encore disparu et que l'été laissait entrevoir son potentiel glorieux.

Son père était un habile marchand, qui avait épousé par amour sa mère issue d'une grande lignée, ainsi que pour les privilèges qu'elle apporterait à sa dynastie. May et ses deux jeunes frères — Jacques et Léon — avaient accès à la meilleure éducation, mangeaient des mets raffinés et vivaient dans un foyer sécurisant et heureux. D'une certaine manière, malgré les qualités qu'elle avait par rapport à ses frères qui étaient plus grossiers et rustiques, May était bonne et gentille. Elle était trop confiante, trop facilement influençable, un trait qui inquiétait ses parents.

Les frères de May profitaient parfois de sa bonne nature pour lui jouer des tours, mais elle les aimait beaucoup et ne dénonçait jamais leurs frasques, même si celles-ci leur causaient du tort à tous. En retour, ils lui apprirent à se battre à mains nues, à manier le couteau, et le meilleur endroit pour immobiliser un homme qui devenait trop familier.

Lorsque May eut seize ans, ses parents donnèrent une fête en son honneur. May comprit que c'était un prélude pour lui chercher un époux. Son père était riche, sa mère influente, et son joli visage était un atout. Pourtant, elle ne voulait pas être le trophée d'un commerçant ambitieux ou d'un seigneur malchanceux. Son esprit romanesque rêvait d'un prétendant qui la chérirait par amour, et non par intérêt.

Après le grand banquet, May dansa avec des hommes flagorneurs. Elle essayait d'étouffer ses rires lorsque Jacques et Léon faisaient des grimaces derrière le dos de ses partenaires. Entre les danses, elle partageait un verre de vin avec ses frères par une fenêtre ouverte, heureuse que la brise rafraîchît son visage échauffé.

« Comment les supportes-tu ? demanda Jacques. Yorick a deux pieds gauches et Adam est un trou. Léon hocha la tête en signe d'approbation ; il n'était pas très bavard car il avait honte de son bégaiement. – Thomas est sournois et Gérard est vantard. Reste à l'écart de toute cette troupe ! »

May était sur le point de murmurer poliment : « Oh, ils ne sont pas si mal », quand elle remarqua un homme debout

dans un coin de la pièce, près de la table des rafraîchissements. Ses yeux brillaient dans la lumière des bougies de façon envoûtante. C'était l'homme le plus beau que May eût jamais vu. Éprouvant une attirance immédiate et intense envers lui, elle en eut le souffle coupé.

Elle n'entendit plus la conversation de ses frères, et la pièce devint floue. Elle ne voyait plus que le gentilhomme, grand et distingué. Elle était sur le point de marcher vers lui hardiment, mais elle hésita, comprenant, par son regard direct, qu'ils se rencontreraient dans le jardin le soir même. May hocha la tête, et les lèvres parfaites de l'homme s'ourlèrent dans un sourire satisfait. Lisant la joie sur son visage, elle pensait que son cœur pourrait éclater de joie.

« En as-tu fini avec les fées, May ? La voix de Jacques parvint soudainement jusqu'à elle.

– C'est la chaleur et le vin, répondit-elle. J'ai terriblement sommeil. Je pense que je vais m'excuser et me retirer.

Jacques se mit à rire. – La plupart des gens utilisent ces festivités comme une excuse pour ne pas aller se coucher ! » À ce moment, les musiciens entonnèrent un air vif, et la plupart des fêtards choisirent des partenaires et commencèrent à danser.

May s'éclipsa, heureuse de quitter le bruit et la foule. Le grand et bel inconnu était la seule chose qui occupait son esprit. Quand elle retourna dans sa chambre, elle prépara un sac, le remplit avec tous les bijoux qu'elle avait reçus en cadeau ce soir-là. Ils auraient besoin d'argent pour commencer leur vie ensemble, songea-t-elle. May se rappela le sac de pièces que ses parents gardaient dans leur chambre. Elle entra en catimini et s'en empara.

Elle ne parvenait pas à chasser de son esprit la pensée lancinante provoquée par l'étrangeté de cette passion soudaine. Mais l'idée de ne pas le rencontrer déclencha un sentiment d'angoisse et de panique qui ne s'apaisa que lorsqu'elle parvint à se concentrer sur leur avenir ensemble. Elle fut alors envahie de bonheur.

Plus tard, lorsque toute la maison s'endormit, plus profondément que d'habitude en raison des excès de la nuit, May enfila sa plus belle robe, mit son sac de provisions en bandoulière, et sortit tranquillement de la maison. Les chiens ne levèrent même pas la tête sur son passage.

« Mon amour, murmura-t-elle quand elle trouva l'homme qui se tenait dans le jardin à côté du saule, le clair de lune illuminant son visage sublime. Je suis ici comme tu me l'as ordonné.

L'inconnu sourit de son sourire parfait et dit : – Oh, comme elles courent facilement vers moi pour me plaire. Il rit. May ne comprit pas la plaisanterie, mais elle rit avec lui. – As-tu tout apporté ? L'argent, les bijoux… demanda-t-il.

– Oh oui. Mes parents ne m'en voudront pas une fois que nous serons mariés.

Il rit de nouveau, et toucha une broche d'argent raffinée qui attachait son manteau autour de son cou. – Ne tardons pas, alors. Ton père a une bonne jument, si j'ai bien compris ? Tu devrais la seller et me retrouver sur la route devant la maison, nous partirons ensemble ».

La douleur provoquée par ses paroles était aussi horrible que l'idée de le réprimander pour sa cruauté.

May et l'elfe chevalier

May tremblait en harnachant le cheval, impatiente d'être avec son chevalier le plus tôt possible. Elle le rejoignit sur la route, et ils s'éloignèrent de l'imposante maison de ses parents au grand galop, fuyant la ville. May était ravie à l'idée de partir à l'aventure.

Au bout de quelques kilomètres, ils ralentirent à l'orée de la forêt. Comme seuls de faibles rayons de lune perçaient le feuillage d'arbres centenaires, le chevalier s'en servit comme prétexte pour prendre les rênes des mains de May. Il lui dit qu'il avait une vue extrêmement perçante.

Le chevalier remarqua ses regards furtifs et nerveux. « Personne ne va nous attaquer, la rassura-t-il. Nous sommes désormais sur mon territoire. Il inspira profondément et fit un grand sourire. J'aimerais voir ton père ou tes frères une dernière fois sur ces terres. Notamment le plus jeune, l'espèce d'idiot qui bégaie. »

La douleur provoquée par ses paroles était aussi horrible que l'idée de le réprimander pour sa cruauté. Le cœur de May était envahi à la fois de tristesse et d'amour.

Soudain, un vent froid se leva, grinçant à travers les branches et les broussailles. Les bêtes sauvages poussaient des cris, des oiseaux étranges émettaient des cris perçants. May eut l'impression que des mots étaient cachés dans le vent qui fouettait ses oreilles, comme s'ils la mettaient en garde contre le chevalier elfe.

Son amour est forgé d'un sort et de mensonges,
Tous ceux qui l'écoutent se fanent et meurent.

« Bientôt nous serons au cœur de mon domaine et tu auras ta récompense, annonça l'homme, en ajustant son manteau et en pressant les doigts sur sa broche.

– Que se passera-t-il ensuite, Monseigneur ? demanda May.

– Eh bien, je vais faire ce que j'ai fait pour les sept autres femmes qui ont trahi leurs familles. Je vais te couper la tête et jeter ton corps dans la rivière. Il toucha de nouveau la broche.

Un sourire minaudier passa involontairement sur le visage de May. Horrifiée, elle ne pouvait faire aucun mouvement contre lui.

– Tu es la même que les autres, ajouta-t-il. Facilement attrapée et facilement exécutée. »

Terrifiés, les doigts paralysés de May parvenaient à peine à s'accrocher à la crinière de son cheval. Personne ne savait qu'elle était partie. Qui la sauverait ?

Le chevalier décapita sept filles adorables,
Trop paralysées par le désespoir pour sauver leur propre vie.

Après un voyage long et terrible, May et le chevalier arrivèrent à une clairière près du coude d'une large rivière aux flots rapides. L'eau rugissait d'un bruit avide. Il la souleva de sa monture. À ce moment, certaine qu'elle était sur le point de périr, May fut frappée par la beauté surnaturelle de l'endroit : le clair de lune glacé, les arbres argentés, et la rivière écumante. Cela réveilla en elle un désir désespéré de vivre, d'explorer et d'embrasser le monde. Une détermination nouvelle grandissait en elle : elle ne mourrait pas docilement.

Le chevalier tira son épée. « Agenouille-toi, et accepte la justice de ton cœur stupide ! ordonna-t-il.

– Mon seigneur, ma robe coûte cher, plaida May. Elle sera perdue si vous me coupez d'abord la tête.

– Tu te trompes si tu penses pouvoir me séduire avec ta chair, car je me moque de ton espèce. Vite, déshabille-toi ! La rivière réclame la compagnie d'un autre fantôme.

Tremblante, May commença à se dévêtir. – S'il vous plaît, Monseigneur, détournez le regard. Elle prit une voix haut perchée qui donnait l'impression qu'elle était faible et soumise.

Le chevalier secoua la tête avec étonnement. – Rassure-toi, ta modestie n'est pas nécessaire. J'accède cependant à ta dernière demande. » Il lui tourna le dos.

May ôta ses vêtements puis se glissa derrière lui. Elle lui jeta alors sa robe par-dessus la tête, et déchira la broche de son manteau. Elle le poignarda au cou avec la longue épingle tandis qu'il se débattait de douleur. Un flot de sang jaillit de la plaie et lui pulvérisa le visage.

Il tomba à genoux et s'effondra dans un gargouillis.

Pendant longtemps, May resta là, tremblante, au-dessus du corps du chevalier. Puis elle mit ses vêtements imbibés de sang et roula le corps dans la rivière. Il disparut dans une gerbe d'eau. Elle imagina la rivière repue de plaisir.

May mit la broche dans sa main et examina les différentes manières dont elle pourrait utiliser son pouvoir. Elle pensa aux ossements des sept femmes assassinées qui reposaient dans le lit boueux de la rivière, et à leurs familles qui ne sauraient jamais ce qu'elles étaient devenues. De toutes ses forces, elle jeta la broche dans la rivière, espérant que son pouvoir apaiserait les morts.

Elle rentra rapidement chez elle et se lava avant le retour de sa famille. Le cheval supplémentaire dans l'écurie était un mystère, mais tout le monde supposa qu'un convive le réclamerait un jour. Personne ne le fit, et il devint la monture préférée de May.

Sa famille faisait souvent remarquer qu'après son seizième anniversaire, May avait mûri et était devenue posée. Plus tard, elle voyagea au nom de son père, et reprit finalement son activité. May avait de nombreux prétendants, mais aucun d'eux ne lui inspira jamais la même passion qu'elle avait éprouvée pour le redoutable elfe chevalier.

Certaines nuits de pleine lune, May rêvait de ses yeux cruels, de la rivière de la forêt, et des fantômes des jeunes filles assassinées.

Elle était toujours heureuse de se réveiller.

La Belle au Bois Dormant

Ce fut l'événement de l'année : le baptême de la princesse Aurore, le premier enfant tant attendu du roi Auguste et de la reine Caroline. Après une magnifique cérémonie à l'église, tout le monde leva le camp vers le château pour un somptueux banquet.

Assises à une table d'honneur, sept fées avaient été invitées pour bénir Aurore en ce jour particulier. Mahaut, la plus âgée, portait une robe en écorce et en feuilles de chêne. La plus jeune, Églantine, lissait sa robe de soie et de pétales de rose, tapotant sa couronne de fleurs des champs éclairée par des lucioles. « Réveillez-vous, vous autres, » leur dit Églantine. C'était sa première bénédiction de princesse et Églantine voulait que ce fût parfait.

Après le repas, le roi et la reine invitèrent les fées a à accorder à leur fille bien-aimée une bénédiction. Églantine serait la dernière à faire un don à la princesse. « Mahaut choisira quelque chose qui plaira à tout le monde », songea Églantine.

Mahaut flottait au-dessus du berceau de la petite princesse, et déclara : « Elle sera aussi belle qu'un un matin d'été, et aimée sincèrement par ceux qui la contempleront. » Des applaudissements éclatèrent dans la salle. Mahaut retourna à table, et leva un sourcil d'un air de défi, semblant dire : « Saurez-vous faire mieux que moi ? »

Avec la surenchère des vœux, Églantine n'aurait plus d'autre choix que de souhaiter à Aurore d'être intelligente ou sage, car les autres fées l'avaient déjà dotée une « voix plus douce que le rossignol » ou de « la grâce d'un faon ». *Elle sera reine un jour. La beauté se fane et elle ne pourra pas chanter et danser dans une salle de conseil.*

Alors qu'Églantine s'apprêtait à formuler son souhait, un terrible vacarme éclata au fond du couloir, suivi d'un éclair et d'une odeur de chair roussie. Toutes les fées se levèrent d'un bond car elles avaient senti l'arrivée de Carabosse, une vieille fée que l'on n'avait pas vue depuis des décennies, et qui était la marraine du roi Auguste.

Elle apparut dans un nuage de fumée. Mahaut renifla avec exagération. Carabosse lui lança un regard si furieux que les feuilles de la robe de Mahaut flétrirent instantanément.

« Pourquoi ne m'as-tu pas invitée, cher filleul ? tonna-t-elle, tout en fixant la reine Caroline d'un air suspicieux. Tout

le monde savait que la reine désapprouvait le recours aux fées.

Le roi se leva et dit : – Ma chère marraine, acceptez mes excuses les plus sincères. Je vous ai adressé plusieurs invitations, mais vous n'y avez jamais répondu. Nous avons supposé le pire. » Il fit un geste vers la table des fées. Je vous en prie, joignez-vous à notre célébration. »

Carabosse vit les pages se bousculer pour lui faire une place près d'Églantine, et ses yeux se plissèrent. « Non ! rugit-elle. Je rendrai ton insulte en jetant un sort à ton enfant. »

Caroline essaya de se placer devant son bébé, mais la fée la gela d'un geste. Carabosse lança un regard noir au bébé souriant. « À son seizième anniversaire, elle se piquera le doigt sur un fuseau, et elle *mourra*. »

Les invités suffoquaient d'horreur, et Aurore se mit à hurler. Carabosse considéra les visages choqués en ricanant. Elle leva les deux mains, claqua dans ses doigts, et disparut.

Le chaos le plus total éclata dans la salle. La reine prit la petite Aurore qui braillait et la berça, puis se tourna vers son époux. « Voilà pourquoi vous auriez dû vous méfier des fées ! »

Ils remarquèrent alors Églantine qui se tenait en face d'eux. Caroline pâlit, et se redressa comme si elle attendait un choc.

Églantine sourit. « Vous ne devriez pas nous condamner toutes. La reine rougit, et Églantine ajouta : – Je ne peux pas annuler la malédiction, mais je peux l'atténuer. La seule chose qui peut contrecarrer la haine est l'amour.

Églantine prit la tête du bébé dans ses mains. – Lorsque tu auras seize ans, tu te piqueras le doigt sur un fuseau, ce qui te fera tomber dans un sommeil enchanté pour une centaine d'années. Ce sort sera brisé par un vrai baiser d'amour. »

Le sourire crispé du roi et de la reine indiquait qu'ils n'étaient pas convaincus, mais Mahaut félicita Églantine. « Ils ne comprennent pas la nature complexe de la magie, dit Mahaut à Églantine. Ce que tu as fait est très malin, mais tu devras veiller sur cet enfant pendant les 116 prochaines années.

Églantine haussa les épaules : – J'ai besoin d'un projet. »

Aurore devint en effet une jolie jeune fille, avec de bonnes manières et une voix douce et chantante. Églantine lui rendait souvent visite et encourageait la jeune fille à lire et à étudier, contre l'avis de son père. « Laissez-la profiter du temps dont elle dispose, lui dit-il un jour qu'il était d'humeur morose. » Églantine était déterminée à sauver la jeune fille.

Le roi et la reine ordonnèrent de brûler tous les fuseaux du royaume, ce qui causa beaucoup de ressentiment parmi le peuple. Tout le monde ne se conforma pas à l'ordonnance. Le matin de son seizième anniversaire, Aurore, qui poursuivait son petit chien dans une pièce poussiéreuse de la plus haute tour du château, découvrit une vieille femme qui filait la quenouille.

Intriguée, Aurore lui demanda ce qu'elle faisait, car Aurore n'avait jamais vu de fuseau, et ne savait rien de la malédiction. La vieille dame proposa à Aurore de lui montrer comment l'utiliser.

Quelques instants plus tard, Aurore se piqua le doigt. Le sang se mit à suinter et une fatigue écrasante s'empara d'elle. Elle tomba sur une chaise. À cet instant, la vieille dame se transforma en Carabosse. Satisfaite de constater que sa malédiction avait réussi, elle disparut.

Églantine entra alors dans la pièce, s'y étant préparée depuis seize ans. Elle entonna une berceuse. Tous les êtres vivants — adultes et enfants, chats, chiens, souris, et chevaux — se figèrent et tombèrent dans un profond sommeil. Puis elle se mit à chanter la mélodie sur un rythme plus rapide.

D'épaisses broussailles noires jaillirent de terre au pied des murs du château, et poussèrent à une vitesse incroyable le long des murs de pierre, sur les portes, recouvrant toutes les fenêtres. Elles mesuraient cinq mètres d'épaisseur, et les épines étaient aussi dures que de l'acier et aussi tranchantes que des rasoirs.

Églantine posa des pièges et des sentinelles fantomatiques autour du château afin d'empêcher quiconque d'entrer. Beaucoup le tentèrent, mais sans succès. La fée s'employa à soulager les souffrances de ceux qui avaient été séparés de leurs proches par les murs ensorcelés, comme le petit Grégoire, qui jouait avec son chien en dehors des murs du château au moment du drame.

Elle s'assura qu'il fût adopté par une famille aimante. Grâce à son soutien, Grégoire et ses descendants prospérèrent. Au bout de cent ans, l'un de ses arrière-petits-fils — un gentilhomme nommé François — était à la chasse avec son ami, le prince Philippe. Ils s'arrêtèrent en haut d'une falaise surplombant le château. Seuls les sommets des tourelles étaient visibles. François avait toujours entendu des histoires sur le château interdit et il venait souvent le contempler.

> Le sang se mit à suinter et une fatigue écrasante s'empara d'elle.

Philippe était fasciné. « Nous allons regarder de plus près, » dit-il en pressant son cheval du talon et en poussant un cri de joie. François galopait derrière lui.

Ils sautèrent de leurs chevaux, et Philippe inspecta la clôture. « Je suis étonné que personne ne l'ait abattue. Il suffit d'une armée d'hommes forts.

François contenait son irritation. – Le meilleur acier n'a jamais pu la trancher, et elle ne brûle pas. De plus, le château est hanté.

– Hanté ? Philippe recula involontairement car il avait peur des histoires de fantômes. François essaya de ne pas sourire. – Des fantômes affamés et aux yeux rouges patrouillent la nuit. Si on les regarde, on devient fou. S'ils nous touchent de leurs mains gelées, notre cœur s'arrête de battre.

– Les as-tu déjà vus ?

– Je ne suis pas fou ! » François remarqua que les ombres s'allongeaient. Laisse-moi te montrer l'entrée.

Ils marchèrent autour de la clôture jusqu'à ce qu'ils distinguassent la porte du château. François posa ses mains sur une vigne épaisse, et se serra contre elle pour mieux voir. « La herse est levée. Nous pourrions entrer… si nous arrivons à franchir ces ronces. Et réveiller la princesse endormie.

– La princesse ?

– L'histoire raconte qu'à l'intérieur, une princesse attend un homme courageux pour la réveiller.

– Je suis courageux, et je suis un prince !

François ne répondit pas. Il avait souvent rêvé d'être celui qui libérerait la princesse du sort qui lui avait été jeté.

« Et si elle est laide ? songea Philippe. Ou vieille ? Il s'approcha de la clôture. Ce ne serait pas juste. Rien ne précise qu'il faille l'épouser, n'est-ce pas ? »

Le soleil déclinait, et un bruit étrange ébranla la terre, comme si elle s'ouvrait. Les ronces que tenait François tombèrent en poussière.

En quelques secondes, toute la clôture s'effondra. Les deux hommes regardèrent le portail ouvert devant eux. Des chauves-souris flottaient au-dessus de leurs têtes et une chouette poussa un cri. Il n'y avait aucun nuage dans le ciel, le croissant de lune et les étoiles ne donnaient que peu de lumière, mais le château était entouré d'ombres épaisses. Philippe regarda les alentours. « Et les fantômes ? Nous devrions nous en aller et revenir plus nombreux.

– Ne vois-tu pas qu'il n'y a aucun risque ? C'est comme si l'on nous accueillait. François s'avança. Nous sommes les premiers à entrer depuis des générations ! »

Ils entrèrent avec prudence. À un moment, ils remarquèrent des formes sombres au sol. C'étaient en fait des gens recroquevillés à terre, couverts de feuilles et de poussière. François s'agenouilla devant l'un d'eux, brossa sa couche de saleté, et toucha sa peau. « Il est chaud, mais il ne respire pas. »

François et Philippe s'approchèrent de l'entrée principale.

Il faisait plus sombre à l'intérieur. Des nuages de poussière se soulevaient à chaque pas. Ils toussaient et pleuraient.

Ils étaient guidés par de petits essaims de lucioles qui dansaient devant eux. Ils pénétrèrent dans une grande salle au plafond voûté. Chaque pas résonnait. On distinguait de nombreuses formes dans la chambre, certaines assises, d'autres étendues. Les lucioles se dirigèrent près d'un lit à baldaquin orné de guirlandes de fleurs séchées. En se rapprochant, les gentilshommes distinguèrent une silhouette allongée. Une couronne étincelait sur sa tête.

« La princesse ! » murmura François.

Philippe se pencha, et recula instantanément. Le corps était recouvert d'une épaisse couche de toile d'araignée, comme si elle était enveloppée dans un énorme cocon.

« Je veux partir, maintenant, dit-il, trop fort. Revenons lorsqu'il fera jour.

– Non, nous devons la réveiller !

Philippe se raidit. – Je t'ordonne de venir avec moi.

Un profond silence s'installa, François fixait son ami.

– Je te rejoindrai » dit-il, et il tourna le dos à Philippe afin d'examiner de nouveau la forme poussiéreuse.

Philippe resta cloué d'embarras sur place.

François se pencha pour décoller les fils de l'épaisse toile. Il découvrit enfin une jeune femme endormie. Vaincu par la curiosité, Philippe regarda par-dessus l'épaule de François.

« Je l'avais deviné ! Elle est toute ridée.

François dit d'une voix étouffée : – Es-tu aveugle ? Elle est resplendissante !

– Tu as reniflé trop de poussière. C'est une vieille femme aux cheveux de paille.

François se pencha plus près, et Philippe eut un haut-le-cœur.

– Comment vous réveiller, princesse ? demanda François.

– Laisse-la dormir, je te dis, dit Philippe d'un ton badin.

Les lucioles se regroupèrent au-dessus du visage de la princesse. François inclina la tête comme s'il écoutait. Il prit doucement sa main. – Réveillez-vous, Mademoiselle », dit-il. Il toucha son visage du dos de sa main. S'il vous plaît, ouvrez les yeux.

François se pencha lentement, comme ensorcelé, et effleura ses lèvres d'un baiser. Il se leva, et frotta sa paume entre ses mains.

Un bruit, comme une énorme respiration, emplit la pièce. Des dizaines de torches s'allumèrent, et le feu de la grande cheminée se ranima.

La poussière et la saleté quittèrent d'un seul coup toutes les silhouettes, laissant apparaître le roi Auguste et la reine Caroline sur leurs trônes, ainsi que des soldats, des domestiques, des convives et des chiens.

Aurore ouvrit les yeux. Elle regarda François en souriant. « Je vous ai vu en rêve, dit-elle. Vous avez regardé le château, et songé que vous nous libériez. Est-ce tel que vous l'imaginiez ?

– C'est beaucoup mieux. »

Il l'aida à se lever de sa couche ensorcelée, et s'écarta lorsque sa mère et son père se précipitèrent pour l'embrasser.

Églantine observa dans l'ombre et essuya une larme.

« La magie est aléatoire, mais l'amour est puissant. »

Le Joueur de Flûte de Hamelin

Il y a plusieurs siècles, la ville de Hamelin en Allemagne connut un problème inhabituel : elle fut envahie par les rats. Ils couraient à travers les greniers et les caves, leurs griffes cliquetant sur le bois et la brique. Ils faisaient des trous dans les murs avec leurs dents et dévoraient tout ce qu'ils trouvaient. Chaque jour, les citoyens de Hamelin ouvraient leurs placards et découvraient de grands rats au poil lisse et brillant, assis parmi leurs pots et les casseroles avec une impertinence sans limite et plus rusés qu'un renard.

Les rongeurs étaient devenus si nombreux et si arrogants qu'ils avaient régulièrement le dessus sur les chats et les chiens. Après des couinements, des coups de griffes, et des hurlements, les rats sortaient toujours vainqueurs du combat. Les chats quittèrent Hamelin en quête d'une vie plus facile ailleurs, et les chiens détalaient à la vue de ces grosses bêtes dangereuses.

Les pièges ne fonctionnaient pas longtemps, et les rats semblaient savoir quels aliments avaient été empoisonnés et les évitaient — contrairement à de nombreux oiseaux et animaux qui n'eurent pas cette chance.

Les parents se relayaient pour surveiller leurs enfants la nuit et s'assurer que les rats ne trottinaient point sur les visages de leur progéniture endormie. Finalement, exaspérés, les habitants exigèrent du conseil de Hamelin une action immédiate, sans quoi ils éliraient un nouveau conseil.

Le bourgmestre et ses douze adjoints tinrent conseil et considérèrent les différentes possibilités. Ils n'avaient pas beaucoup d'argent car les rats avaient ruiné le commerce de la ville, et que tous les attrapeurs de rats avaient jusqu'à présent échoué. Tandis qu'ils délibéraient, ils aperçurent un rai de lumière sous la porte. L'intendant ouvrit et assista à un étrange spectacle : un homme grand et mince, portant un chapeau pointu et vêtu d'un manteau cousu de différentes pièces de tissu coloré, se tenait devant lui.

« Va-t'en, bouffon, dit l'intendant à l'homme qui souriait. Le conseil se réunit et n'est pas d'humeur à se divertir. »

L'homme s'inclina profondément devant l'intendant et ôta son chapeau pointu. Les clochettes cousues au bout tintèrent joyeusement.

« Ayez la bonté de m'introduire auprès du conseil, car je

suis le légendaire attrapeur de rats de Munich, et je peux débarrasser Hamelin de tous vos petits soucis. »

L'intendant croyait que sa vantardise valait la peine de prendre un risque, et le fit entrer. L'homme se tint devant le conseil et déclara : « Je chasserai les rats de votre ville en une journée pour la somme raisonnable de mille florins. »

Les membres du conseil se regardèrent et levèrent les sourcils, car ils savaient qu'ils ne pouvaient pas payer une redevance aussi énorme. Par ailleurs, aucun d'eux n'attendait ce bouffon vêtu de vêtements bigarrés.

« Beaucoup ont essayé avant vous, jeune homme, déclara le bourgmestre après une pause. Mais si vous êtes en mesure de réaliser ce miracle, nous serons heureux de payer votre récompense.

L'homme se mit à rire. – Vous verrez demain à midi. »

L'aubergiste accepta d'héberger le grand homme pour la nuit. Il fut bien nourri et beaucoup de gens lui offrirent de la bière ce soir-là, convaincus par son affirmation.

Le lendemain matin, une grande foule s'était rassemblée sur la place au pied de la tour de l'horloge, car la promesse de l'exploit s'était répandue. L'homme sortit joyeusement de l'auberge et se tint au milieu du peuple. D'un geste sophistiqué, une flûte d'argent apparut dans sa main. Il se mit à jouer, ses doigts volaient au-dessus des trous, et un air entraînant et enchanteur sortit de l'instrument. Il y eut comme un bruissement et un pépiement, et les hommes et les femmes se mirent à crier : des nuées de rats sortirent des maisons voisines. Le soleil brillait sur leurs pelages bruns, leurs nez roses et leurs longues queues. Les habitants se poussaient et se bousculaient, fuyant le passage des rongeurs.

Le joueur de flûte dansait tout en jouant son air vif, et il fut bientôt encerclé par les créatures qui bondissaient et sautillaient. Sans arrêter de jouer, le joueur de flûte commença à se déplacer à travers les rues. Les gens ouvraient leurs volets et leurs portes et regardaient les rats se précipiter dehors pour rejoindre l'essaim qui suivait la flûte. Plusieurs personnes applaudissaient et acclamaient le joueur de flûte.

Il fit le tour de la ville, ramassant tous les rats sur son passage, traînant le troupeau de rats derrière lui. Il jouait et gambadait vers le bord de la rivière Weser. Il entra prestement sur une petite barque et il la poussa du pied loin de la berge.

Les rats se jetèrent dans la rivière, en essayant de poursuivre le joueur de flûte. Certains nagèrent, mais le poids de leurs congénères qui tombaient sur eux les fit couler. Le joueur de flûte continua à jouer pendant une heure jusqu'à ce que tous les rats fussent noyés et emportés par le courant.

Le joueur de flûte put enfin s'arrêter et rejoindre la terre ferme. Les gens l'acclamèrent et l'applaudirent, et commencèrent à célébrer la fin de la malédiction des rongeurs sur la ville. Le joueur de flûte se rendit à l'hôtel de ville, où les membres du conseil s'étaient réunis à la hâte.

Il s'inclina, son chapeau tinta, et il dit : « J'ai résolu votre problème. Réglez votre dû et je prendrai congé. D'autres villes ont besoin de mes compétences.

Les conseillers feignirent la surprise, et le bourgmestre sourit. – Si vous nous montrez un contrat, bien entendu, nous l'honorerons.

La bonne humeur du joueur de flûte disparut, et ses traits se firent graves. – Nous sommes convenus d'un prix pour mes services, que j'ai exécutés. J'attends d'être payé immédiatement.

– Nous ne payons jamais sans un contrat écrit », répondit le bourgmestre.

Le joueur de flûte discuta avec eux quelque temps, jusqu'à ce que l'intendant reçût l'ordre de renvoyer le joueur de flûte.

Le joueur de flûte tapa du poing sur la table. « Payez-moi comme convenu, ou je vous prendrai quelque chose de bien plus précieux !

– Nous ne répondons pas aux menaces », cria le bourgmestre, et fit jeter le musicien hors du bâtiment.

Le joueur de flûte tenta d'expliquer au peuple de Hamelin que le conseil avait manqué à sa parole, mais les gens étaient trop occupés à faire la fête.

Après avoir essayé de se faire entendre pendant une heure, parmi le bruit des chants et des réjouissances, le joueur de flûte mit son chapeau et sortit des portes de la ville.

Cette nuit-là, tous les adultes de la ville burent et dansèrent jusqu'au petit matin, et s'écroulèrent dans leurs lits heureux et épuisés.

À l'aube, une étrange musique ensorcelante s'éleva. Le joueur de flûte se tenait devant les portes, jouant de sa flûte d'argent. Dans toute la ville, les enfants se réveillèrent et se frottèrent les yeux, mais aucun adulte ne s'éveilla de son sommeil agité. Filles et garçons sautèrent de leurs lits, portant ceux qui étaient trop jeunes pour marcher. Ils sortirent des maisons en courant, en chemise de nuit, riant et souriant à cette belle mélodie.

Un jeune garçon qui s'était cassé la jambe une semaine plus tôt, luttait avec ses béquilles et était en retard sur le groupe d'enfants. Lorsqu'ils furent réunis aux portes de la ville, le joueur de flûte se mit en route, en dansant et en jouant, et tous les enfants le suivirent, ravis. Ils couraient derrière le joueur de flûte, suivant le sentier qui traversait la forêt vers une grande montagne. Traînant derrière eux sur ses béquilles, le garçon à la jambe cassée les appela pour les retenir, mais ils étaient comme happés.

De loin, le garçon entendit la mélodie changer, et une grande porte s'ouvrit dans la paroi rocheuse. Derrière elle brillait une lumière, et il aperçut un décor de pâturages et de soleil. Le garçon n'avait jamais vu quelque chose d'aussi parfait de toute sa vie. Il redoubla d'efforts pour rattraper ses amis, qui traversaient la porte en courant. Mais avant qu'il n'eût pu les rejoindre, la lourde porte se balança lentement avant de se refermer brutalement.

Il passa toute la matinée à rechercher une ouverture dans la roche, frappant des poings contre la surface rigide.

Finalement, il retourna en ville. Lorsqu'il arriva, l'endroit était en effervescence. Tout le monde criait et pleurait. Les mères et les pères cherchaient partout leurs enfants bien-aimés.

Lorsqu'ils virent le garçon, ils se précipitèrent sur lui pour entendre son histoire. Puis les soldats de la ville le conduisirent à la montagne à cheval, et passèrent toute la journée, puis tout le mois à chercher un moyen d'ouvrir la porte dans la montagne.

Personne ne revit jamais plus les enfants de Hamelin.

La jambe fracturée du garçon se ressouda, mais on raconte qu'il entendait chaque nuit l'air ensorcelant dans ses rêves. Chaque jour, il retourna à la montagne, cherchant désespérément à retrouver ses amis et à trouver l'entrée de l'endroit béni qu'il avait entrevu. Des années plus tard, on le découvrit gisant dans l'herbe mouillée par la rosée au pied de la montagne, un sourire satisfait sur son visage.

Filles et garçons sautèrent de leurs lits, portant ceux qui étaient trop jeunes pour marcher.

Pinocchio

Dans une petite ville d'Italie, un menuisier du nom de Maître Antonio avait choisi une grosse pièce de bois dans l'intention d'en faire un pied de table. Après avoir retiré l'écorce, il leva son ciseau pour commencer le travail, et il entendit une voix gémir : « Attention, ne me faites pas mal ! »

Maître Antonio se leva et chercha dans son cabinet de travail, se demandant d'où venait la voix. Ne trouvant personne, il plaça de nouveau le burin sur le bloc de bois. Cette fois, la voix gloussa : « Ça chatouille ! »

Il laissa tomber le ciseau. Son père, également charpentier, l'avait autrefois prévenu qu'il arrivait parfois qu'un morceau de bois fût plus vivant que d'autres. « Ces pièces ont un usage particulier, disait le père d'Antonio, mais elles ne font pas de bons meubles. »

Juste à ce moment, son vieux voisin Geppetto frappa à sa porte. Geppetto vivait seul, et était réputé pour son caractère grognon. Même si lui et Antonio se querellaient souvent, ils étaient amis.

Après l'avoir salué, Geppetto dit à Antonio qu'il avait une faveur à lui demander : « J'ai décidé de sculpter une magnifique marionnette en bois. Je l'imagine très bien : elle pourra danser, faire de l'escrime et des culbutes. Avec un tel personnage, je pourrai effectuer le tour du monde et gagner ma vie. As-tu du bois qui conviendrait ? »

Le morceau de pin répondit alors : « Bravo Geppetto ! »

Geppetto sourit, car il pensait que c'était son ami qui approuvait son idée. Antonio ne le corrigea pas, car il venait de comprendre que la pièce de bois animé était destinée à Geppetto. Il donna le morceau de pin à son ami en le bénissant, et Geppetto rentra dans sa chaumière en sifflant joyeusement, imaginant les beaux jours qui s'offraient à lui.

Geppetto rassembla ses outils, s'assit sur une chaise en face d'un feu crépitant et se mit à tailler la pièce de bois. Avant de commencer à sculpter, il décida d'appeler la marionnette Pinocchio, car il pensait que ce nom portait chance.

Il commença à façonner la tête, et après avoir sculpté les yeux, ceux-ci commencèrent à clignoter et à le dévisager. Geppetto était surpris, mais il continua avec le nez et la bouche.

Immédiatement Pinocchio se mit à rire, ce qui irrita

Geppetto. Il ordonna à la marionnette de se taire. Pinocchio obéit, mais tira sa langue de bois à Geppetto. Lorsque le vieil homme tailla ses bras, Pinocchio saisit immédiatement la perruque de Geppetto et la jeta à travers la pièce.

Geppetto perdit son sang-froid. « Pinocchio ! rugit-il. Si tu n'acceptes pas de te comporter correctement, je te laisse sans jambes !

– Je vais être gentil », promit la marionnette d'une voix contrite. Geppetto récupéra sa perruque en grognant, et termina de sculpter Pinocchio.

À peine Geppetto eut-il terminé, que Pinocchio bondit et courut autour de la maison, fouillant tout et faisant des ravages. Geppetto était rouge de colère, mais il n'était pas assez rapide pour attraper la marionnette agile. Au bout de quelques minutes, Pinocchio avait déverrouillé la porte et courait dans la rue, riant et attirant l'attention de tous. Geppetto courait derrière lui en criant.

Geppetto rattrapa finalement Pinocchio sur la place du village, mais lorsque ses voisins furent témoins de la sévérité avec laquelle il traita la marionnette, ils furent désolés pour le petit garçon en bois. On appela un policier qui emmena Geppetto en prison.

Pinocchio traversa la ville en courant, regardant à travers les fenêtres et embêtant tout le monde. Lorsqu'il en eut assez, il partit à travers champs, poursuivant les papillons, grimpant aux arbres, et ne retournant chez lui qu'à la nuit tombée. Geppetto étant encore en prison, il avait la maison pour lui tout seul.

Content des aventures de sa journée, Pinocchio se jeta dans le fauteuil près de la cheminée. Soudain, il entendit un étrange chant.

Un peu effrayé, Pinocchio s'écria : « Qui est là ?

Un grand grillon vert clair était assis sur la table de la cuisine. – Je suis un grillon qui parle et je vis dans cette pièce depuis une centaine d'années, dit-il.

Pinocchio devint beaucoup plus courageux en voyant l'insecte. – Dégage, sale bestiole ! dit-il brutalement. C'est ma maison maintenant.

– Pas avant de t'avoir donné quelques conseils, répondit le grillon. Pinocchio se glissa jusqu'aux outils de Geppetto tandis que le grillon parlait. – Malheur aux garçons qui désobéissent à leurs parents et deviennent incontrôlables ! Ils ne seront jamais heureux longtemps, et…

– Demain je partirai à l'aube faire ce qu'il me plaît ! Si je reste, on me mettra à l'école toute la journée, et où est le plaisir dans tout cela ? Pinocchio ramassa le marteau de Geppetto et évalua la distance entre lui et le grillon savant.

– Si tu n'étudies pas et n'apprends pas un métier, tu auras une tête d'âne et tu brairas dans la rue.

– Je serai le plus fort pour manger, boire, et jouer à tout un tas de jeux ! » rétorqua Pinocchio. Sur ce, il jeta le marteau sur le grillon et l'écrasa. Il gratta la trace verte et rouge sur la table et la jeta au feu.

Pinocchio s'assit, croisa les pieds devant le feu, et s'endormit.

Il fut réveillé le matin par l'odeur de la fumée, et les cris de Geppetto, qui avait été libéré de prison plus tôt après une sévère mise en garde de la police, le priant de garder son sang-froid.

Se sentant faible, Pinocchio leva les yeux et vit que ses pieds avaient brûlé pendant la nuit ! Ses jambes se terminaient par deux souches carbonisées. Il ne put s'échapper lorsque Geppetto le réprimanda pour son mauvais comportement. Geppetto l'interrogea sur l'absence du grillon et Pinocchio lui dit que l'insecte avait décidé de partir. Le nez de Pinocchio s'allongea de cinq centimètres.

« Où est-il allé ? demanda Geppetto, regardant le visage de Pinocchio.

– Il a dit qu'il désirait retourner dans la forêt de sa jeunesse, déclara Pinocchio. Son nez s'allongea encore de cinq centimètres. Il fit semblant de ne pas le remarquer. Il voulait s'amuser un peu car tu es tellement ennuyeux. » À ce mensonge, le nez de Pinocchio gagna plusieurs centimètres supplémentaires.

Pinocchio avait maintenant l'air si ridicule que Geppetto éclata de rire, ce qui ne plut pas à Pinocchio. Il détourna la tête pour bouder et se brisa le bout de son long nez contre le mur. Pinocchio posa son long nez contre le plancher et regarda ses chevilles brûlées. Il se mit à pleurer.

Les rires firent place à l'amour dans le cœur de Geppetto, qui n'avait jamais eu à s'occuper d'une autre personne auparavant, sans parler d'un petit garçon. Pour la première fois, il comprit cette grave responsabilité. « S'il vous plaît, faites que je sois capable de cette tâche », pria-t-il. Il s'assit à côté de Pinocchio, l'embrassa, et dit à la marionnette qu'il allait lui fabriquer de nouveaux pieds.

Une douce lumière entra alors dans la pièce et une belle dame aux cheveux bleus et aux ailes diaphanes apparut. Geppetto et Pinocchio en furent tous deux bouche bée. Près d'elle se trouvait le fantôme du grillon parlant. « Geppetto, votre amour sera récompensé si vous restez aux côtés de votre fils contre vents et marées. Envoyez-le à l'école et veillez sur lui. Pinocchio, si un jour tu prends soin de ton père, tu deviendras un vrai petit garçon. »

La fée appela un petit troupeau de piverts. Ils picorèrent le nez de Pinocchio et en quelques minutes il avait repris sa taille normale. Pinocchio frappa de joie dans ses mains.

La fée leur adressa une dernière recommandation, et Geppetto se mit à sculpter de nouveaux pieds pour Pinocchio. Une fois qu'ils furent terminés et fixés aux jambes de Pinocchio, l'homme et la marionnette dansèrent autour de la pièce.

Geppetto tint compte des conseils de la fée, et le jour même, inscrit Pinocchio à l'école. Il avait hélas besoin d'argent pour lui acheter des livres, mais c'était un pauvre homme sans épargne. Il alla donc troquer son manteau contre de l'argent. Lorsque Pinocchio le vit rentrer, grelottant, il demanda : « Papa, où est ton manteau ?

Geppetto répondit : – C'est presque le printemps. Qui a besoin d'un manteau maintenant ? » Et il se mit à faire un maigre repas pour eux deux.

Le lendemain, Geppetto habilla Pinocchio avec un

nouvel ensemble de vêtements qu'il avait passé la nuit à coudre, et lui donna de l'argent pour les livres. « Sois sage et apprends bien », lui dit Geppetto, et il l'envoya à l'école avec une petite tape sur la tête.

Pendant quelque temps, Pinocchio fut un fils idéal: il fréquentait l'école, étudiait et se faisait des amis. Il avait l'impression de vivre la vie d'un vrai petit garçon, et se demandait quand la prédiction de la fée se réaliserait. Son meilleur ami s'appelait Roméo, mais tout le monde l'appelait Lumignon, car il était grand et mince. Lumignon était doué pour faire des blagues, mais il n'aimait pas l'école, et essayait souvent de persuader Pinocchio de faire l'école buissonnière. Parfois, Pinocchio cédait et jouait avec lui. Il avait appris à ne pas mentir à Geppetto, tout en se soustrayant à dire la vérité. Geppetto, occupé par ses activités, ne faisait pas toujours suffisamment attention à ce que faisait Pinocchio.

Un jour, de retour de l'école, Lumignon dit à Pinocchio qu'il quittait la ville pour de bon.

« Où iras-tu et que feras-tu ? demanda Pinocchio.

– Je m'en vais au Pays des Jouets, où l'on s'amuse du matin au soir, expliqua Lumignon. Il n'y a pas d'école et pas de maîtres. Dis, pourquoi ne viens-tu pas avec moi ? »

Pinocchio entendit un pépiement, et le fantôme du grillon parlant apparut sur son épaule.

« Ne le fais pas, Pinocchio, le mit-il en garde. Tu as promis d'écouter ton père et d'étudier. »

Pinocchio ignora le grillon et partit avec Lumignon, l'écoutant décrire les merveilles du Pays des Jouets. Il se souvint de ce que c'était que de courir à sa guise, sans personne pour lui dire quoi faire.

Pinocchio entendit un pépiement, et le fantôme du grillon parlant apparut sur son épaule.

Ils s'arrêtèrent dans les faubourgs de la ville, et Lumignon poussa un cri en lui montrant une grande charrette qui dévalait la rue, tiré par douze ânes. « Bingo, Pinocchio ! » cria-t-il. Le cocher s'arrêta à côté d'eux. Il y avait dedans dix garçons qui chantaient et riaient. L'un d'eux ouvrit la porte, et Lumignon sauta à l'intérieur. « Est-ce vrai ? demanda Pinocchio au conducteur qui était un petit homme tout rond. Vous les emmenez au Pays des Jouets. Et ils peuvent jouer toute la journée ?

– Oui, tous les enfants peuvent faire ce qu'ils veulent. » Un des ânes sortit de la trace, et le cocher lui donna un coup de bâton. « Tiens-toi tranquille », cria-t-il à la pauvre bête qui tremblait de douleur et de peur. Une larme coula sur son nez. Pinocchio lui caressa la tête pour le calmer.

Il entendit une voix murmurer : « Espèce d'idiot, tu le regretteras si tu pars. »

Pensant que c'était le fantôme du grillon parlant, Pinocchio s'irrita. « Je ne suis pas stupide ! » déclara-t-il. Sur ce, il sauta dans la charrette. Tous les garçons applaudirent. Le cocher fit claquer son fouet au-dessus des oreilles des ânes et ils s'élancèrent au trot. Pinocchio n'eut pas le temps d'hésiter, car ses nouveaux amis avaient plein d'histoires amusantes à raconter. À un moment, ils s'endormirent tous tandis que la charrette roulait à travers les collines et les villages.

Le lendemain matin, ils arrivèrent au Pays des Jouets, dont l'immense entrée figurait une bouche en train de rire. Les garçons sautèrent du chariot et franchirent le seuil en courant. Il y avait des manèges, des salles de jeux, des stands de bonbons, des fontaines de soda, et beaucoup de garçons qui couraient follement, en criant et en jouant. Il y avait des cabines s'ils voulaient dormir, et personne ne disait aux enfants ce qu'il fallait faire ni à quelle heure.

Pinocchio et Lumignon s'amusèrent plus en une semaine que ce qu'ils pensaient possible en un an. En sortant du lit un après-midi, Pinocchio remarqua quelque chose d'étrange. Une paire d'oreilles d'âne avait poussé sur la tête de Lumignon.

Pinocchio le traîna devant un miroir. Lumignon pâlit d'épouvante.

« Que se passe-t-il ?... *Hi-han* ! Lumignon se frappa la bouche, les yeux ronds comme des soucoupes. Je... parle comme un âne ! » haleta-t-il. Il montra Pinocchio du doigt, et montra le miroir.

Pinocchio le regarda et vit une paire d'oreilles d'âne lisses et soyeuses lui jaillir de la tête. Il demeura bouche bée. Puis il remua les oreilles, et éclata de rire... jusqu'à ce que le rire se transformât en un braiment d'âne.

Autour d'eux on entendait des garçons paniqués pleurer et crier. Tous les amis qu'ils s'étaient faits lors de ce voyage fatidique au Pays des Jouets s'étaient transformés en ânes.

Pinocchio et Lumignon déboulèrent de leur cabine, mais en quelques minutes, ils avaient perdu le contrôle de leurs jambes, et s'effondrèrent au sol avec des mouvements convulsifs.

Une paire d'oreilles d'âne avait poussé sur la tête de Lumignon. Pinocchio le traîna devant un miroir.

« Au secours ! *Hi-han* ! » cria Lumignon. Ce fut le dernier son humain qu'il proféra. Ses os craquaient et éclataient, et des poils lui poussaient sur tout le corps. Il hurla de douleur lorsque son nez et son menton s'allongèrent et fusionnèrent en un museau. Il se retourna sur le flanc, et vacillait sur ses quatre membres. Quelques minutes plus tard, il était devenu un robuste âne gris.

Terrifié, Pinocchio essaya d'appeler Geppetto, le grillon parlant, ou la fée aux cheveux bleus, mais tout ce qui sortit fut un terrible braiment.

Un pelage luisant apparut sur tout son corps. Ses jambes et ses bras avaient changé de forme, et ses articulations se tordirent. Ses doigts se crispèrent dans ses poings et fusionnèrent, ses pieds se contractèrent et s'aplatirent jusqu'à devenir quatre sabots.

Son visage s'allongea, sa mâchoire et ses dents se transformèrent, et sa vue changea. Il lui poussa une queue qui fouettait l'air et qu'il ne savait pas contrôler.

Enfin, il se coucha sur le côté comme un âne brun, ses quatre jambes tremblantes, ne sachant pas comment se lever ou communiquer avec quelqu'un.

Autour de lui, tous les garçons étaient des ânes qui brayaient de détresse, certains au sol, d'autres trottant en tous sens ou ruant furieusement comme pour essayer de se débarrasser de leurs nouveaux corps.

Le petit homme rond qui les avait conduits au Pays des Jouets arriva, son bâton coincé dans sa ceinture et son fouet à la main. Il regarda la douzaine d'ânes et sourit.

En faisant claquer son fouet, il força tous les anciens garçons à se lever, et les emmena dans une grande écurie à l'arrière du Pays des Jouets. Tandis qu'ils se bousculaient pour entrer, Pinocchio remarqua une nouvelle cohorte de garçons qui arrivait. Il essaya de crier pour les avertir, mais il ne put que braire. Les garçons se moquèrent des ânes et coururent s'amuser.

Pinocchio et Lumignon furent placés dans une stalle ensemble. L'homme prit une étrille de sa poche et brossa leur poil pour le faire briller comme de la soie. Puis il les brida et les conduisit au marché.

En moins d'une heure Lumignon fut acheté par un agriculteur dont l'âne était mort la veille. Le fermier entraîna Lumignon loin, qui se mit à braire piteusement avec de grosses larmes qui coulaient sur son museau duveteux. Pinocchio ne pouvait pas se libérer pour consoler son ami. Le propriétaire d'un cirque remarqua la fougue de Pinocchio, et songea qu'il serait parfait pour un numéro de cirque. En quelques minutes, la vente de Pinocchio fut conclue, et il fut conduit au campement.

Son nouveau maître le poussa dans une petite étable et mit du foin dans la mangeoire. Pinocchio y goûta, mais recracha à cause du goût horrible. Son propriétaire lui fouetta le dos. « Espèce d'âne têtu ! Tu mangeras ce que je te donne, ou tu n'auras rien du tout. »

À la nuit tombée, l'âne Pinocchio décida que le foin n'était pas si mauvais.

Le lendemain, le maître de Pinocchio le fit entrer dans l'arène pour commencer son entraînement. Il voulait apprendre à Pinocchio à danser en musique, se tenir debout sur ses membres postérieurs sur un ballon et sauter à travers des cerceaux en flammes. Pinocchio n'était pas encore habitué à son corps d'âne et trouvait toutes ces manœuvres difficiles. Chaque fois qu'il faisait une erreur, il était fouetté. Il lui fallut trois mois, et de nombreux coups, pour connaître parfaitement le numéro. Pendant cette période, le cirque voyagea de ville en ville, de sorte que Pinocchio ne savait pas où il était. La nuit, dans son écurie, seul et blessé, il rêvait d'être à la maison avec son père.

Le jour de la première représentation de Pinocchio arriva enfin. Monsieur Loyal l'annonça, et Pinocchio entra en trottant sous les rugissements de la foule et l'éclat des lumières. Il portait une nouvelle bride de cuir avec des boucles en laiton poli, des rubans de soie rouge tressés dans sa crinière, et une ceinture d'or et d'argent attachée autour de son cou.

Son propriétaire fit claquer son fouet et Pinocchio se mit à genoux sur ses deux antérieurs pour saluer le public. Il commença son numéro : au trot, au galop, exécutant des tours sur commande. À un moment Pinocchio crut apercevoir Geppetto dans le public. Il s'arrêta brusquement et se mit à braire en direction de Geppetto, mais son propriétaire le frappa sur le nez avec le manche de son fouet et les yeux de Pinocchio se remplirent de larmes. Quand il eut cessé de pleurer, Geppetto était parti.

Inconsolable, Pinocchio ne parvenait pas à se concentrer sur son numéro. Au moment de sauter à travers les cerceaux enflammés, il s'emmêla les jambes et les cogna contre un cerceau qui tomba de son pupitre et roula, tout en brûlant, vers le public. Les gens sortirent du chapiteau en se bousculant, et Pinocchio parvint à peine à marcher vers son écurie sur ses jambes endolories, malgré la raclée que Monsieur Loyal lui infligea.

Un vétérinaire fut appelé pour soigner les plaies de Pinocchio, mais il déclara que l'âne boiterait toute sa vie. Le maître de Pinocchio remit immédiatement les rênes de Pinocchio au garçon d'écurie et lui ordonna de vendre l'âne. « À quoi sert-il maintenant ? » dit-il en se détournant. Pinocchio fut de nouveau emmené, clopinant, au marché. Cette fois, personne ne s'intéressa à un âne boiteux. Un fabricant de tambours décida enfin de l'acheter. « Je ferai un tambour avec sa peau », dit l'homme. Pinocchio tenta de s'échapper, mais il boitait trop pour courir.

Le fabricant de tambours traîna Pinocchio au sommet d'une petite falaise surplombant la mer. Il attacha une corde et une grosse pierre autour du cou de Pinocchio, et le poussa au bord, dans l'espoir de noyer Pinocchio.

Bien que se débattant, Pinocchio, terrorisé, coula à pic. C'est alors qu'il vit un énorme requin nager vers lui.

D'un seul coup de mâchoire, il brisa la corde et avala Pinocchio tout entier. La rangée de dents crénelées à travers laquelle Pinocchio passa fit tomber la peau d'âne du corps dur de Pinocchio. Il débarqua dans un fracas de branches de bois au milieu du ventre caverneux du requin. Il n'était plus un âne, mais une marionnette en bois.

D'un seul coup de mâchoire, il brisa la corde et avala Pinocchio tout entier.

« En voilà une chance ! » dit Pinocchio, mais quand il regarda autour de lui, il se rendit compte qu'il se trouvait face à un nouveau dilemme. Il remarqua un petit bateau de pêche au milieu de l'estomac du requin. « Bonjour ! » appela-t-il.

Un visage connu surgit du bateau : c'était Geppetto ! Pendant un moment, ni l'un ni l'autre ne put y croire. Le père et le fils s'embrassèrent et pleurèrent des larmes de joie. Ils finirent par s'installer et se racontèrent leurs aventures. Geppetto expliqua à Pinocchio qu'il avait suivi les rumeurs pour le localiser pendant des mois, jusqu'à ce que, désespéré, il allât même au cirque qui faisait jouer un âne appelé Pinocchio.

« C'était moi ! » dit Pinocchio, et il raconta à son père le traitement cruel qu'il avait subi au cirque.

Geppetto lui révéla qu'après le cirque, la fée lui avait rendu visite et lui avait dit que s'il était prêt à entreprendre un dangereux voyage en mer, lui et Pinocchio seraient réunis.

« Et nous le sommes ! », déclara Pinocchio, et ils s'embrassèrent de nouveau.

« Maintenant, nous devons sortir du ventre de cette bête », dit Geppetto.

Comme Pinocchio était en bois, il était sûr que son père serait capable de s'accrocher à lui comme un radeau pour nager jusqu'à la rive. « Mais comment peut-on sortir du requin ? » demanda Geppetto.

Ils fouillèrent le bateau de Geppetto dans l'espoir d'y trouver quelque chose d'utile. Ils décidèrent d'utiliser une boîte de poivre et la fumée d'une torche pour forcer le requin à les recracher.

Pinocchio tenait la boîte de poivre et leva les yeux vers son père qui allumait la torche. « Et si ça ne marche pas ? Geppetto caressa la tête en bois de Pinocchio et sourit. – Ensemble, nous allons trouver un autre moyen. »

Prudemment, ils sortirent de l'estomac du requin et remontèrent le long de sa gorge. En jetant un œil à l'énorme gueule du requin, ils le virent happer un banc de poissons scintillants.

« Attention, il va avaler ! » cria Geppetto, et il enfonça sa torche enflammée contre les gencives du requin. Pinocchio enleva le couvercle de la boîte de poivre et le jeta en l'air.

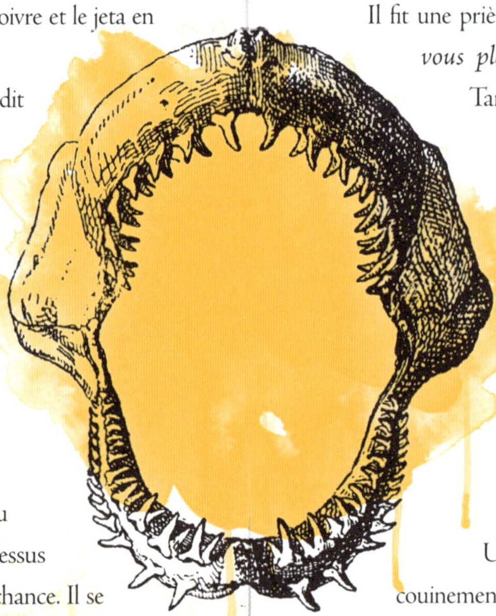

Le grand requin convulsa, bondit hors de l'eau, et ouvrit sa bouche pour calmer la douleur. Des litres d'eau de mer entrèrent. Geppetto saisit une canne à pêche coincée entre deux énormes dents du requin, et attrapa le bras de Pinocchio alors qu'il était rejeté dans l'estomac.

Le requin brisa la surface de l'eau et fit un magnifique bond au-dessus des vagues. Geppetto comprit sa chance. Il se balança au bout de la canne à pêche, et se jeta avec Pinocchio entre les mâchoires du requin. Ils volèrent dans les airs et atterrirent dans la mer bouillonnante. Ils entendirent un bruit assourdissant lorsque le requin retomba, et une énorme lame d'eau les engloutit puis les emporta très loin. Geppetto et Pinocchio s'agrippaient fort l'un à l'autre, secoués et haletants.

À l'aube, ils virent la falaise au loin. Pinocchio se mit à nager avec force vers le rivage. Il flottait naturellement, mais Geppetto était un homme âgé qui avait été déjà sollicité au-delà de ses forces.

Pinocchio l'encourageait, en disant « Il n'y en a plus pour longtemps maintenant, papa ! », et en le priant de s'accrocher à lui.

Ils étaient encore loin de la rive lorsque les bras de Geppetto glissèrent autour du cou de Pinocchio pour la première fois. Pinocchio eut du mal à le maintenir à flot. Après toutes ces épreuves, bien que robuste, Pinocchio était épuisé.

Il fit une prière à la fée aux cheveux bleus : *S'il vous plaît, M'dame, sauvez mon père.*

Tandis qu'il déglutissait et nageait avec son père sur son dos, Pinocchio eut l'impression de voir sa lumière familière luire au-dessus de l'écume.

Et toi, Pinocchio ? l'entendit-il lui demander.

S'il vous plaît, sauvez Geppetto. C'est mon seul désir.

Comme tu veux, dit-elle.

Un instant plus tard, il entendit un couinement, et le nez d'un dauphin fit surface devant lui. Pinocchio employa ses dernières forces pour placer son père sur le dos du dauphin. Il le regarda emporter son père rapidement sur la rive.

Pinocchio essaya de suivre, mais ses bras étaient comme du plomb. Il glissa sous l'eau et coula au fond de la mer.

Quand Geppetto revint à lui, il était au bord de la plage. Il se leva, tremblant, de petites vagues heurtant ses jambes.

Il fut étreint par un sentiment terrible. « Pinocchio ! » cria-t-il, et il se jeta à la mer.

Le dauphin nagea devant lui, lui barrant le chemin. Il vit alors un autre dauphin fendant l'eau, avec Pinocchio sur son dos. Geppetto prit doucement son fils et le serra contre sa poitrine.

« Réveille-toi Pinocchio ! » supplia-t-il.

Mais Pinocchio ne se réveilla pas.

Plus tard cette nuit-là, Geppetto veillait près du lit où il avait déposé Pinocchio. Une gentille femme de pêcheur lui avait proposé de les accueillir, et de leur offrir une chambre à coucher.

Pinocchio avait l'air d'une marionnette ordinaire. Il ne restait plus rien de la magie qui l'avait animé. Elle s'était perdue dans la mer.

Geppetto prit la main de son fils et la porta à sa joue. Il se souvint comme le garçon le mettait hors de lui au début. « Pinocchio, lui dit-il, s'il te plaît pardonne-moi. J'aurais dû être plus patient. J'aurais dû être un meilleur père. » Il pleurait, inconsolable.

Il se tourna pour attiser le maigre feu et ajouter un autre journal. La chaleur et la lumière grandirent, et quand il se détourna de sa tâche, il se rendit compte que ce n'était pas le feu. La fée aux cheveux bleus était dans la chambre près du lit de Pinocchio.

Elle sourit à la marionnette en pin et lui toucha la poitrine. Une lueur se répandit sur son petit corps en bois.

« Réveille-toi, Pinocchio, dit-elle. Ton père et toi avez besoin l'un de l'autre. »

Les yeux de Pinocchio s'ouvrirent. Il n'était plus fait de bois et de fil de fer, mais de chair et de sang.

Il s'assit dans son lit, et regarda la belle fée. « Merci ». dit-il. Il remarqua le fantôme du grillon parlant, qui le regardait du haut d'une étagère.

« Je suis désolé de t'avoir tué », ajouta-t-il. Maintenant, il savait ce que c'était que d'être un vrai petit garçon. Pinocchio appréciait vraiment d'être en vie.

Émerveillé par tout cela, Pinocchio se mit à rire et ouvrit ses bras à son père.

Geppetto courut à son fils, et le serra fort contre lui.

L'Apprenti Sorcier

Luc venait d'une longue lignée d'éleveurs de chèvres. Son père était éleveur de chèvres, tout comme son père avant lui. Mais à l'âge de douze ans, Luc décida de rompre avec la tradition familiale. Il rêvait d'aventure, de gloire et de fortune comme les héros de roman, pas d'une vie tranquille dans un village reculé. Aussi décida-t-il d'apprendre à lire, écrire et compter avec Frère Martin, le moine qui vivait dans un monastère de leur hameau.

À plusieurs kilomètres au nord, sur la route de la ville, se dressait une impressionnante tour de pierre. Un mystérieux gentilhomme y habitait, que les villageois surnommaient « Maître Drake ». Il se rendait au village pour acheter des fournitures, et montait un majestueux étalon noir. Luc l'épiait à chaque occasion.

Il existait de sombres rumeurs sur la nature de l'activité de Drake. Beaucoup affirmaient avoir observé d'étranges lumières et entendu des bruits bizarres en provenance de sa demeure tard dans la nuit. Kilian, l'ivrogne en chef du village — leur village comptait beaucoup d'ivrognes — affirmait que par une nuit sans lune, il avait vu Maître Drake sur son cheval dans un champ en train de parler à une grande fée scintillante. Frère Martin se signait toujours lorsqu'il entendait le nom de Drake, et faisait cesser toute conversation sur « ce méchant homme ».

Après des semaines de réflexion, Luc songea que sa gloire serait plus grande s'il entrait au service de Maître Drake, malgré le risque de perdition. Il se lava le visage, mit des vêtements propres, embrassa sa mère, et se rendit à la demeure de Drake.

La tour de pierre carrée se tenait dans une cour fermée. À côté de la grande porte d'entrée en chêne, il y avait une lourde cloche en fer avec une chaîne. Luc sonna trois fois avant que la porte ne s'ouvrît en grinçant, laissant apparaître un vieil homme mince avec une expression aigre.

« Je veux parler à Maître Drake », annonça Luc hardiment.

L'homme leva un sourcil et fit un geste élaboré de la main pour lui intimer l'ordre d'entrer. Luc serra les dents et marcha dans la cour pavée.

L'homme accompagna Luc dans la tour d'un pas tranquille, monta deux étages par un escalier en pierre étroit, et le conduisit dans une grande pièce tapissée de livres du sol au plafond. Maître Drake se tenait près d'un socle sur lequel reposait un énorme grimoire ouvert. Il ne leva pas les yeux de sa lecture quand ils entrèrent. Après avoir indiqué à Luc de se présenter devant Maître Drake, l'homme quitta rapidement la salle.

« Je vous remercie, Danvers », déclara Maître Drake, et il se tourna vers Luc.

Pendant un moment, le regard de Maître Drake était si puissant que Luc pensait qu'il serait préférable de fuir cet endroit pour toujours et d'accepter son sort d'éleveur de chèvres. Mais il finit par ouvrir la bouche pour parler.

« Tu es en retard, déclara Maître Drake d'un ton sec.

Luc cligna des yeux, confus.

– Comment puis-je être en retard alors que vous ne m'attendiez pas ?

– Je t'attends depuis une semaine. Qu'est-ce qui t'a pris autant de temps ? Master Drake renifla. Va tout de suite te laver. Cette entreprise exige un bon odorat, et à moins que tu ne te laves, tu ne sentiras jamais autre chose que ton odeur fétide. Danvers ! hurla-t-il. Demande à Mme Shaw de faire bouillir de l'eau pour le premier bain de l'apprenti. Il faudra aussi un savon entier.

Luc se tint debout tout au long de la tirade, bouche bée. Il ne comprenait pas les raisons de Maître Drake de le prendre à son service.

– Je me suis déjà baigné, déclara Luc vivement.

– Mais pas récemment. »

Luc devint tout rouge.

Maître Drake ferma le grimoire devant lui. Il était recouvert de cuir noir avec des coins en fer, et était muni d'un énorme fermoir. Il prit une clé d'un trousseau à sa ceinture et ferma le livre. Une grosse chaîne attachait le livre au socle.

Il ne comprenait pas les raisons de Maître Drake de le prendre à son service.

« Ton contrat est sur le banc », dit-il en montrant une longue table solide brûlée par endroits et sur laquelle se trouvaient des flacons, des herbes, de la ficelle de couleur, des poudres, des bougies, et une page de parchemin écrite à l'encre.

Maître Drake se pencha au-dessus du banc, les clés tintant à sa ceinture, prit une plume dans un pot d'encre, et la tendit à Luc. « Signe, maintenant ! »

Luc prit la plume et tendit le cou pour lire.

Maître Drake agita la main d'une façon dédaigneuse. « Il suffit de signer.

Luc fronça les sourcils. – Pas avant d'avoir lu.

Un air légèrement amusé adoucit les traits de Maître Drake. – Tout à fait. Il ne faut jamais conclure un contrat sans en comprendre les termes et conditions. Surtout lorsque le contrat dure dix ans. »

Luc ravala sa salive. Dix ans !

Lorsque Luc signa finalement son nom, non sans appréhension, Maître Drake frappa dans ses mains et sourit. « Commençons. »

Tous les soirs, pendant les trois années qui suivirent, Luc faisait toujours la même chose : sa journée commençait à l'aube, il nettoyait les écuries et brossait Minuit, l'étalon de Maître Drake. Ensuite, il fallait se laver et prendre le petit-déjeuner avec Mme Shaw dans la cuisine avant la première séance d'étude. Maître Drake lui enseignait le latin, le français, l'histoire, les sciences politiques et la littérature. Après un léger repas, l'après-midi était consacré à des exercices définis par Maître Drake et toutes les corvées que Mme Shaw avait jugé bon de lui confier. La soirée était dédiée à la musique et la lecture. Il y avait des jours où le garçon pouvait à peine se hisser en haut de l'escalier en pierre étroit jusque dans son lit.

Le temps passant, Luc ne supportait plus le travail acharné et les leçons sans mystère ni excitation. Luc rêvait surtout d'ouvrir le gros grimoire relié en cuir de veau noir de Maître Drake.

Un jour, Maître Drake reçut un message urgent, après quoi il disparut dans son bureau pendant une longue période. Lorsqu'il en sortit, il cria des ordres, et une heure plus tard, il partit au galop avec Minuit, Danvers chevauchant à ses côtés.

Mme Shaw vit le sourire sur le visage de Luc et lui ordonna immédiatement d'aller frotter le parquet de la grande salle à manger au rez-de-chaussée. Il soufflait et grommelait en travaillant. Après être allé chercher au puits deux lourds seaux d'eau et les avoir vidés, il s'assit sur ses talons et s'aperçut qu'il lui restait encore beaucoup à nettoyer. Luc jeta la brosse avec dégoût. Il méritait une pause.

Il alla dans le bureau sans bruit. Des nuages de poussière flottaient dans un rayon de soleil, illuminant la pièce. Il ressentit comme un coup de foudre. Le grimoire — « le cœur des sombres secrets » comme Maître Drake l'appelait autrefois — était ouvert.

Luc se rapprocha, regardant par-dessus son épaule. Les pages étaient écrites dans une langue qu'il ne connaissait pas, et d'étranges symboles décoraient les bords. Il trouva une phrase qui lui semblait familière, et se répéta les mots. Puis il prononça les mots étrangers avec assurance.

Il ne se passa rien. Déçu, Luc répéta les mots, plus fort, et puis encore une troisième fois.

La chambre trembla légèrement et une odeur nauséabonde envahit l'espace. Soudain, une énorme bête s'accroupit en face de Luc. Elle ressemblait à une gigantesque chèvre au pelage noir. D'énormes cornes enroulées ornaient sa tête, et de grandes ailes de chauve-souris sortaient de son dos. Ses yeux orange brillaient avec fureur.

« Quel est ton souhait ? » demanda-t-elle d'une voix profonde et sonore.

Pris de panique, Luc était incapable de réfléchir.

« Mon garçon, si tu ne me donnes pas un ordre, je vais trouver autre chose à faire ! » Elle le regarda d'un air vicieux.

Le silence fut rompu par Mme Shaw qui criait de la cuisine. « Luc, as-tu fini ? »

Luc regarda la bête. « Apporte-moi des seaux d'eau pour

laver le plancher en bas, lâcha-t-il.

La créature grogna avec dérision. – Il sera fait selon tes ordres » dit-elle, puis elle disparut.

Luc dévala l'escalier et fit irruption dans la pièce où un seau d'eau flottait dans l'air, faisant ballotter l'eau. Le seau jetait en continu de l'eau savonneuse sur le plancher. Luc se mit à rire, enchanté. Le seau retournait au puits en flottant dans les airs, puis revenait après quelques instants, débordant d'eau qu'il jetait sur le sol.

Au bout du dixième seau d'eau, Luc se réveilla de sa torpeur. « Arrête ! s'écria-t-il. Je t'ordonne d'arrêter !

Le visage de la chèvre scintillait dans l'eau.

– Ce ne sont pas les bons mots pour me renvoyer », déclara-t-elle. Le seau commença à se remplir rapidement et plusieurs seaux arrivaient, toujours plus vite, inondant la pièce.

En colère, Mme Shaw se mit à crier car l'eau s'écoulait en dessous dans la cuisine. Luc courut à l'étage pour consulter le livre, mais il ne savait pas quelle phrase choisir. L'estomac noué, il se rendit compte qu'il pouvait aggraver les choses. Lorsqu'il retourna à l'escalier, l'eau lui arrivait à mi-cuisse. La salle en dessous était remplie !

Jamais il n'avait autant espéré voir le visage sévère de Maître Drake. Au lieu de cela, il n'entendait que le terrible démon qui exultait, et se précipitait pour remplir la demeure d'eau.

Alors que l'eau atteignait le seuil du bureau, un cri retentit si fort que les pierres tremblèrent. Luc se demandait quelle horrible nouvelle l'attendait. En un instant, l'eau disparut. Luc se fraya un chemin sur les marches glissantes.

Maître Drake se tenait dans le couloir avec une expression meurtrière. À côté de lui se tenait Mme Shaw, les vêtements trempés. Avant que Luc ne pût s'expliquer, Maître Drake parla.

« Espèce d'enfant désobéissant ! Va tout de suite dans ta chambre. »

Luc s'enfuit pour ne plus entendre cette voix terriblement méprisante.

Une semaine plus tard, Luc fut convoqué dans le bureau de Maître Drake.

Le grand livre noir était ouvert, et le maître se tenait près de lui. Son expression était sombre.

« Tu as eu le temps de réfléchir à ce qui s'est passé. Tes paroles seront déterminantes pour savoir si oui, et comment, nous progresserons ensemble.

Luc acquiesça.

– Qu'as-tu appris ?

– J'ai compris comment fonctionne le monde.

Ces mots étaient durs à dire.

– Que ce que nous faisons n'est pas un jeu, et que les gens peuvent être blessés si nos actions sont prises à la légère.

– En effet, et il est bon que tu le reconnaisses. Maître Drake demeura un moment silencieux et regarda par la fenêtre. Rien d'autre ? ajouta-t-il.

– Que vous avez laissé le livre ouvert dans le but de me tester. Et j'ai échoué. Luc ne pouvait pas supporter de regarder le visage de son professeur.

– Nous échouons que si nous n'apprenons rien de nos erreurs. Viens ici.

Luc s'approcha du grimoire prudemment.

Maître Drake toucha la page. – La leçon du jour : bannir. Commençons. »

La Gardienne d'Oies

Dans un lointain royaume régnait une reine qui éduquait seule sa fille unique. Plusieurs années auparavant, la princesse Rose avait été promise en mariage au prince Clovis, qui vivait dans un pays voisin. À dix-huit ans, l'heure était venue pour Rose d'entreprendre pour la première fois un long voyage loin de chez elle et de sa mère.

La reine prépara la dot de sa fille le cœur lourd, car elle était peu encline à se séparer de son unique enfant. Elle s'assura que Rose emporterait les plus beaux trésors avec elle pour lui rappeler la maison de son enfance. La reine savait que Rose était une jeune fille calme et douce, peu aguerrie pour affronter des circonstances difficiles. Aussi, elle se retira dans ses appartements privés et se fit une entaille dans la main avec un couteau. Une rangée de perles rouges surgit de l'incision peu profonde. Elle serra sa main sur un mouchoir de lin pour recueillir trois gouttes de sang. La famille de la reine connaissait des charmes et des sortilèges, et la reine avait transmis une partie de ses connaissances à sa fille.

Elle retourna dans la chambre de Rose, où la femme de chambre, Sabine, l'aidait à plier bagage. Elle tendit le mouchoir à sa fille.

« Garde-le toujours sur toi, dit-elle, il te protégera pendant ton voyage. » Rose le mit dans son corsage, tout contre sa peau.

La reine ordonna ensuite à Sabine d'accompagner sa jeune maîtresse et de veiller à sa sécurité. Sabine, qui ne s'attendait pas à quitter sa maison et sa famille, n'était pas ravie par la nouvelle. Elle fit cependant la révérence, et jura à la reine qu'elle protégerait toujours Rose.

Comme dernier présent, la reine offrit à Rose son cheval préféré, nommé Falada, qui pouvait parler lorsqu'on le lui demandait. La reine dit au revoir à sa fille dans la cour du château, ses yeux rouges privés de larmes, car elle ne voulait pas montrer sa douleur à sa fille.

Rose et Sabine chevauchaient, accompagnées d'un régiment des meilleurs soldats de la reine. Au bout d'une semaine, le cortège fut attaqué par des bandits. Dans le chaos de la bataille, et malgré sa grande peur, Rose réussit à s'échapper avec Sabine et à s'éloigner au galop loin du brouhaha des épées. Elles n'avaient pu préserver qu'une toute petite part de la dot de Rose, mais elles étaient heureuses d'être vivantes et libres.

Tout en cheminant vers leur destination, Sabine posait des questions à Rose sur son fiancé. Elle comprit que le couple ne s'était pas vu depuis des années, et qu'il n'avait communiqué que par lettres. Elle commença à échafauder un plan, tout en sachant que le sang de la reine et les pouvoirs de Falada protégeraient Rose.

À un moment, fatiguée et assoiffée, Rose demanda à Sabine d'aller lui puiser de l'eau dans un ruisseau voisin.

« Je ne suis pas votre esclave, répondit Sabine avec hauteur. Allez vous servir vous-même. »

Rose était trop timide pour réprimander Sabine, alors elle descendit de Falada, s'agenouilla au bord du fleuve, et creusa ses mains pour boire. À ce moment, elle sentit la chaleur du mouchoir plié contre sa peau, et entendit une voix lui dire : « Si votre mère savait cela, son cœur volerait en éclats. »

Rose remonta sur Falada et les deux femmes continuèrent leur voyage. Plus tard, Rose eut faim et demanda à Sabine des pommes de leurs maigres provisions.

Sabine se moqua de Rose avec une expression de dédain. « Êtes-vous handicapée ? Faites-le vous-même. »

Effrayée par les propos violents de Sabine, Rose ralentit Falada et s'approcha des sacoches qui se trouvaient sur le cheval de Sabine. Elle en sortit deux pommes roses, mais tandis qu'elle demandait à son cheval de repartir, Sabine attrapa la meilleure pomme de la main de Rose et mordit dedans. Le mouchoir de Rose se réchauffa et elle l'entendit murmurer : « Si votre mère savait cela, son cœur volerait en éclats. »

> Si votre mère savait cela, son cœur volerait en éclats.

Cet après-midi-là, elles s'arrêtèrent au bord d'un petit cours d'eau. Supposant que le château du prince Clovis devait se trouver à proximité, Rose voulut se laver avant de se présenter devant son fiancé et sa famille. Elles attachèrent les chevaux à un arbre et s'approchèrent de l'eau scintillante. Rose demanda à Sabine de l'aider à se déshabiller, mais elle répondit avec mépris :

« Êtes-vous une enfant ? Faites-le vous-même ».

Rose avait du mal à délacer sa robe, et tandis qu'elle le faisait, le mouchoir se réchauffa et dit : « Si votre mère savait cela, son cœur volerait en éclats. » Rose se débarrassa de sa robe et s'agenouilla au bord de l'eau.

À ce moment, Sabine s'empara du mouchoir, l'enveloppa dans un caillou et le jeta dans l'eau. Il coula immédiatement au fond de la rivière. Elle tira alors un poignard d'une gaine dissimulée dans sa botte et pressa la lame acérée contre le cou de Rose. Sabine la menaça de la tuer à moins qu'elle n'acceptât d'échanger sa place avec elle et de jurer de ne jamais révéler ce qui s'était passé.

Rose lut la détermination dans les yeux de Sabine et dans sa façon de serrer le poignard. Craignant pour sa vie, elle promit et mit les vêtements de Sabine. Puis Sabine se mit en selle sur Falada. Le cheval balançait sa grosse tête pour la regarder, mais elle se cachait le visage et demeura silencieuse.

Sabine et Rose furent accueillies au château en grande pompe. Le prince Clovis et ses parents supposaient que Sabine était la princesse. Elle leur raconta l'attaque des bandits et enjoliva l'histoire afin de leur laisser croire qu'elle avait sauvé une pauvre servante. Les yeux du prince Clovis brillaient de fierté, et on entraîna Sabine afin de se faire dorloter et soigner.

Rose resta dehors, ne sachant que faire. En regardant par une fenêtre, le roi remarqua la grâce et la beauté de Rose, et questionna Sabine à son sujet, laquelle suggéra au roi de lui trouver un travail. Le roi avait besoin de quelqu'un pour aider un jeune garçon nommé Conrad, à garder les oies du château.

On donna à Rose une petite chambre à partager avec d'autres jeunes servantes, et chaque jour elle devait conduire les oies aux écuries, passer par une passerelle sombre dans l'enceinte du château, et mener le troupeau d'oies dans un pâturage près d'un étang. Parfois, elle pouvait apercevoir Falada qui lui remontait le moral. Les oies étaient grandes et imprévisibles, et lorsqu'elles la pinçaient avec leurs grands becs, elle avait de terribles ecchymoses.

Conrad aimait un peu trop Rose. Aussi, elle essayait toujours de trouver des excuses pour rester aussi loin de lui que possible lorsqu'ils travaillaient ensemble.

Chaque fois qu'elle voyait Sabine marcher en riant avec son fiancé, elle en avait le cœur brisé. La nuit, éveillée dans le noir parmi les ronflements des domestiques, la princesse ne cessait de penser à sa mère et au terrible secret qu'elle avait juré de garder.

Rose lut la détermination dans les yeux de Sabine et dans sa façon de serrer le poignard.

Sabine n'avait pas oublié Rose ni Falada, car elle était déterminée à ne jamais perdre sa nouvelle position. Un jour, elle demanda une faveur au prince Clovis :

« Pourriez-vous envoyer le cheval nommé Falada chez l'équarrisseur ? Il n'est pas d'un bon tempérament et a failli m'empêcher d'échapper aux bandits. »

Le prince fit volontiers passer l'ordre.

Rose eut le cœur brisé en apprenant le terrible sort de Falada. Elle amassa les quelques pièces qu'elle avait gagnées dans l'espoir de sauver Falada, mais lorsqu'elle arriva chez l'équarrisseur, il était trop tard. Rose donna alors l'argent à son commis et lui demanda d'empailler la tête de Falada et de l'accrocher dans la passerelle sombre, afin qu'elle pût le regarder lorsqu'elle allait faire paître les oies.

Rose passait désormais deux fois par jour sous la tête de Falada dans l'ombre de la porte d'entrée. Ses orbites vides et ses dents dénudées brillaient dans la lumière faible, et il lui murmurait toujours :

Hélas, jeune reine qui passez par là,
Si votre mère savait cela,
Son cœur volerait en éclats.

Le fait de voir son vieil ami rendait la vie de Rose un peu plus supportable, malgré son chagrin. Conrad lui posait souvent des questions sur le cheval et ses mots étranges, mais elle haussait les épaules et faisait semblant de ne pas comprendre.

Dans le champ près de l'étang, tandis que les oies vagabondaient en cacardant, cherchant quelque chose à picorer, la princesse déliait sa tresse dorée et se peignait. Parfois, elle récitait une chanson que sa mère chantait en lui tressant les cheveux lorsqu'elle était enfant. Conrad mettait généralement fin à ce moment de paix parce qu'il admirait ses boucles brillantes et la harcelait afin qu'elle lui donnât quelques mèches de ses cheveux. Rose refusait toujours, car sa mère lui avait appris à ne jamais donner à quiconque ses cheveux, de peur qu'on ne s'en servît pour lui jeter un sort. Elle entonnait alors cette petite chanson :

Souffle, souffle, vent léger
Emporte le chapeau du berger,
Bien loin pour qu'il aille le chercher,
Le temps qu'il faut pour que je puisse me coiffer,
Tresser mes cheveux et les nouer.

La brise se levait alors et emportait le chapeau de Conrad qui était obligé de courir loin pour le rattraper. Lorsqu'il revenait, le visage rouge et en sueur, Rose avait toujours eu le temps de refaire sa tresse.

Cela se produisait si souvent que le désir de Conrad pour Rose se transforma en ressentiment et en colère face à sa capacité à échapper à ses avances. Un jour que le roi passait par le champ, Conrad était frustré après avoir poursuivi son chapeau tout l'après-midi. Il salua le roi et lui demanda de l'écouter. Le roi fut surpris par l'interruption énergique de Conrad, mais lui fit signe de parler.

Conrad se plaignit amèrement de la gardienne d'oies, disant qu'elle était paresseuse et lui laissait faire tout le travail. Le roi haussa les sourcils car son intendant le tenait informé de toutes les allées et venues dans cette maison, et on ne lui avait rapporté que de bonnes choses sur la jeune femme. D'autre part, la raison pour laquelle on avait confié à Conrad le soin de garder les oies, concernait sa paresse persistante.

Sentant l'incrédulité du roi, le garçon relata les paroles mystérieuses prononcées par le cheval mort et le pouvoir de Rose d'invoquer la force du vent. Intrigué, le roi congédia Conrad et lui dit qu'il allait enquêter.

Le lendemain, le roi se vêtit simplement et suivit Rose et Conrad. Dans l'ombre de la voûte basse de la passerelle, il entendit la tête empaillée du cheval mort murmurer à Rose :

Hélas, jeune reine qui passez par là,
Si votre mère savait cela,
Son cœur volerait en éclats.

Le roi tressaillit à ces mots fantomatiques, mais poursuivit ses deux serviteurs. Il se cacha non loin et vit Conrad essayer de s'approcher de Rose, et elle s'écarter de lui. Elle dénoua ses magnifiques cheveux et Conrad essaya de se faufiler afin de les attraper. Rose chanta alors :

Souffle, souffle, vent léger
Emporte le chapeau du berger,
Bien loin pour qu'il aille le chercher,
Le temps qu'il faut pour que je puisse me coiffer,
Tresser mes cheveux et les nouer.

Le vent emporta le chapeau de Conrad et le fit rouler loin de lui. Le roi eut du mal à ne pas rire en voyant la course effrénée de Conrad à la poursuite de son chapeau. Un soupçon terrible commença à naître dans l'esprit du roi, car il avait toujours entendu des rumeurs sur les capacités paranormales de sa bru. De retour au château, le roi convoqua Rose dans son cabinet de travail et l'interrogea sur son passé. Ses réponses étant évasives, il finit par lui raconter ce qu'il avait vu plus tôt.

«Je ne peux pas vous expliquer mes peines, ni à vous ni à quiconque, répondit-elle, car j'ai été obligée de prêter un serment secret sous peine de mort. »

Le roi évalua la jeune femme en face de lui, et lui conseilla de livrer ses secrets au poêle en fonte qui se trouvait dans la pièce afin de soulager sa douleur. Puis il quitta son étude et se rendit dans la pièce voisine dans laquelle passait le tuyau du poêle.

Rose était heureuse d'avoir un prétexte pour se décharger. D'une voix faible, elle raconta au poêle ce qui s'était passé en chemin, et la terrible fraude que Sabine avait commise. Le roi, qui avait tout entendu, alternait entre la fureur face à la nature hypocrite de Sabine et l'émerveillement devant le courage et l'intégrité de Rose.

Il convoqua immédiatement Rose et l'informa qu'il savait tout. La princesse fut conduite à l'une des plus belles salles du château, après qu'on l'eût baignée et vêtue d'une robe brodée de fleurs. Le roi prit le prince Clovis à part et lui raconta toute l'histoire. Clovis bouillait de colère face à cette trahison, et se reprocha de ne pas avoir remarqué les différences entre la femme qui s'était présentée à sa cour et la femme qui lui avait écrit pendant des années.

Ce soir-là, ils organisèrent un grand banquet, et le prince Clovis prit place à côté de sa fausse fiancée. Rose était assise au bout de la table, mais Sabine ne la reconnut point tant elle était rayonnante et heureuse.

Après avoir mangé et bu, le prince raconta à Sabine l'histoire d'une femme qui avait tenté de tromper le roi et de voler le trône à une autre.

« Quelle punition infligeriez-vous à cette personne sournoise, ma chère ? lui demanda-t-il.

Sabine but une gorgée de vin, cherchant une réponse dans son cœur cruel.

– Qu'on la déshabille et qu'on la jette dans un tonneau rempli de clous pointus. Attelez le tonneau à deux chevaux blancs afin qu'ils le fassent rouler à travers la ville jusqu'à ce qu'elle meure.

La salle se tut à l'annonce de cette terrible suggestion.

Le roi se leva et regarda gravement Sabine. – Vous avez prononcé votre propre punition », déclara-t-il. Il fit signe aux soldats qui l'entraînèrent.

Rose ne parvenait pas à se réjouir de la sentence infligée à Sabine, et elle refusa d'y assister, mais on pouvait entendre les cris de Sabine du haut de la plus haute tourelle, et on raconte qu'il fallut dix hommes pour éliminer son sang dans les rues pavées.

Au bout d'un certain temps, Clovis gagna la confiance et l'affection de Rose, et ils se marièrent. Le jour de leurs noces, ils défilèrent à travers la ville sous les acclamations et conduits par un troupeau d'oies blanches comme la neige.

L'île aux Squelettes

Grand Faucon était un chasseur et un guerrier intrépide, mais il se retrouva démuni lorsque la peste ravagea les gens de sa tribu. Les seuls autres survivants étaient son neveu, Petit Taureau, et sa nièce, Fleur Sauvage, les enfants de sa sœur. Grand Faucon et les enfants quittèrent les huttes silencieuses de leur village, et se mirent en quête d'un nouvel endroit pour vivre.

Ils s'installèrent à la lisière d'une forêt, près d'un grand lac entouré de gibier. Ensemble, ils bâtirent une cabane en écorce d'orme. Plus âgée que Petit Taureau, Fleur Sauvage agissait souvent comme sa mère, ce qui entraînait des disputes. Petit Taureau aimait passer ses journées à chasser et pêcher avec son oncle, et ne supportait pas de rester à la maison avec sa sœur. Un matin d'hiver, Grand Faucon insista pour aller chasser seul. La neige recouvrait le sol et Grand Faucon savait qu'il irait plus vite sans l'enfant. Petit Taureau, boudeur, commença à se chamailler avec Fleur sauvage, ne voulant pas l'aider à gratter les peaux de daim.

Petit Taureau partit en colère avec son arc, déterminé à prouver sa valeur. Au crépuscule, Petit Taureau rentra frigorifié, embarrassé, et les mains vides. Il découvrit l'entrée de la cabane brisée, comme si une énorme créature avait tout dévasté. À l'intérieur, tout était détruit, et Fleur Sauvage avait disparu.

De retour, Grand Faucon examina les traces autour de la hutte. D'énormes empreintes indiquaient qu'un géant avait emmené Fleur Sauvage. Ils suivirent le sentier du lac, où il semblait que le géant et Fleur Sauvage avaient pris un canot.

L'homme et le garçon étaient dévastés. Au cours des semaines suivantes, ils cherchèrent Fleur Sauvage, mais ne trouvèrent aucun indice. Petit Taureau le vivait mal. Il s'entraînait à l'arc, apprenait à se battre, à traquer des animaux et à chasser. Pour protéger son neveu, Grand Faucon dessina un grand cercle de maïs sacré autour de la cabane pour faire obstacle au géant. Il avertit Petit Taureau de ne jamais franchir la ligne magique quand il était seul.

Au début, Petit Taureau obéit à son oncle, mais l'été, les journées étaient longues et il rêvait de nouveaux paysages. Il quitta le cercle et se rendit au bord du lac. Il jetait des cailloux dans l'eau et lançait des flèches.

Tout à coup, une voix l'interpella. « Es-tu aussi bon avec cet arc pour tirer sur quelqu'un ? »

Petit Taureau se retourna et vit un homme grand lui sourire, un arc à la main. L'étranger défia Petit Taureau pour savoir qui pouvait tirer le plus loin. Et le garçon battit l'homme qui, beau joueur, se mit à rire. « Es-tu un aussi bon nageur ? » Ils nagèrent tous les deux en apnée, et une fois de plus, Petit Taureau fut vainqueur. L'homme secoua la tête avec étonnement. « En récompense, je t'emmène dans une île sur le lac, où tu pourras prendre de jolis oiseaux. »

Gonflé d'orgueil, Petit Taureau accepta. L'homme entonna une chanson, et un canot en écorce de bouleau apparut, tiré par six cygnes. Petit Taureau s'émerveillait en silence, mais arborait un air nonchalant. Ils montèrent dans le canot, et l'homme guida les oiseaux par son chant. Ils survolèrent l'eau scintillante et arrivèrent à une grande île.

Petit Taureau s'enfonça dans les arbres. Il vit briller des os dans les hautes herbes, mais comme il se concentrait vers le haut, il ne les examina pas. Au bout d'un moment, il entendit chanter, et revint au rivage. Le canoë de l'homme était déjà loin. Petit Taureau hurla et agita les bras, mais l'homme ne se retourna pas.

La nuit approchait. Frigorifié et affamé, Petit Taureau trouva refuge sous les arbres, et pleura.

« Hep, dit une voix faible, tais-toi. »

Petit Taureau regarda autour de lui. Le squelette d'un homme allongé à demi adossé à un arbre lui fit signe. « Pauvre garçon, dit-il. Je me suis fait avoir moi aussi, mais je peux t'aider si tu me rends un service. Il montra un arbre. – Creuse à gauche de cet arbre, et apporte-moi le sac qui contient du tabac, une pipe, et du silex. »

Pétrifié, Petit Taureau ne bougea d'abord pas, mais le squelette lui assura qu'il ne lui ferait aucun mal. Il suivit ses instructions, et alluma la pipe. Le squelette inhala la fumée. Des souris couinèrent et déguerpirent du nid qu'elles s'étaient fait parmi les os. Il soupira. « Ça va mieux. » Ses orbites vides se tournèrent pour regarder Petit Taureau. « Maintenant, prépare-toi ! Un géant ne va pas tarder à venir avec des chiens pour te traquer. Plonge plusieurs fois dans l'eau pour masquer ton odeur, puis cache-toi dans un tronc creux, à l'autre bout de l'île. Quand il partira, reviens me voir. »

Petit Taureau remercia le squelette et courut chercher le tronc d'arbre creux. Au moment où il venait de le découvrir, la terre trembla et il entendit les aboiements de trois chiens méchants.

Une voix retentit : « Trouvez le garçon ! »

Petit Taureau partit en flèche et courut le long d'un chemin tortueux à travers l'île, en plongeant à plusieurs reprises. Les hurlements des chiens énervés étaient forts, mais ne se rapprochaient pas de lui. Enfin, il se précipita dans le tronc creux, et se cacha pour la nuit.

Au matin, le géant furieux disputa ses chiens. D'un seul coup de gourdin, il tua l'un d'eux, lui arracha la peau et le mangea tout cru. Après ce macabre festin, le géant emmena dans son canot les deux chiens qui gémissaient, et partit.

Une fois en sécurité, Petit Taureau retourna vers le squelette.

« Tu as survécu ! dit-il l'air surpris. Ne perds pas courage ! Ce soir, l'homme qui t'a amené ici reviendra pour boire ton sang. Va au rivage, et creuse un trou dans le sable. Allonge-toi dedans et couvre-toi. Lorsqu'il sortira de son canot, saute dedans, et dis : « Venez, les cygnes, rentrons à la maison. » *Ne te retourne pas et ne le regarde pas !* Quand tu seras libre, pense à moi quelquefois. »

Petit Taureau suivit les instructions du squelette. Au crépuscule, il entendit chanter. Il attendit dans son trou noir que les pas s'éloignassent et jeta un œil dehors.

L'homme cria : « Mon garçon, je t'ai entendu échapper au géant. Impressionnant ! Tu es digne d'avoir de grands honneurs. Sors de ta cachette. »

Petit Taureau bondit dans le canot. Il s'écria « Venez, les cygnes, rentrons à la maison », et les cygnes tirèrent immédiatement le canot sur le lac. Derrière lui, l'homme cria et le supplia de revenir, mais en dépit de la tentation qui était grande, Petit Taureau refusa de le regarder.

L'île aux squelettes

Les cygnes le conduisirent vers une petite île, où l'homme avait une confortable maison cachée dans une grotte. Après ses aventures, Petit Taureau était heureux de manger et de se reposer sur la couchette en peaux de lynx.

Le lendemain matin, Petit Taureau découvrit un beau collier de coquillages appartenant à sa sœur. Il saisit un couteau, un arc et des flèches, et courut au canot. Il ordonna aux cygnes de l'emmener sur l'île, déterminé à retrouver Fleur Sauvage. À son arrivée, il remarqua fut une longue traînée de sang. Il la suivit et découvrit les restes sanglants de l'homme qui l'avait piégé sur l'île. Le garçon courut vers le squelette.

Après avoir fumé sa pipe, le squelette lui raconta la lutte terrible entre le géant et l'homme suite à l'évasion de Petit Taureau, et la perte de la pirogue magique. « Le géant a lâché ses chiens sur lui ! Puis il a mangé le cœur de l'homme. Mais j'ai entendu quelque chose d'autre : le géant a pris ta sœur comme esclave ! »

Petit Taureau chancela sous le choc, car il avait cru sa sœur morte. Le squelette lui ordonna de naviguer vers l'est et de s'arrêter sur l'île où se trouvaient trois gros rochers qui indiquaient l'antre de l'ogre. « Puis reviens ici, j'espère que tu pourras me rendre un service. »

Petit Taureau donna bien volontiers son accord, et sauta dans le canot, excité à l'idée de retrouver sa sœur. Le soir venu, il repéra l'île du géant, et cacha le canot sous des arbres.

Prudemment, il chercha une piste, et en trouva une qui menait à un ruisseau où Fleur Sauvage puisait de l'eau.

Il courut vers elle et surprise, elle laissa tomber son seau. Ils s'embrassèrent et pleurèrent, heureux de ces retrouvailles inattendues.

Puis la terre fut ébranlée, des chiens hurlèrent, et le frère et la sœur se figèrent. Le géant rugit quand il les vit. « Vous ne vous échapperez pas cette fois ! Vous serez tous les deux dans ma marmite ce soir ! »

Petit Taureau et Fleur Sauvage coururent à la pirogue, sautèrent dedans, et s'en allèrent. Le géant tonnait derrière eux. Sur le rivage, il prit une ligne de pêche munie d'un grand hameçon, et la lança vers la pirogue. Elle atterrit à l'intérieur et il tira le canot vers le rivage. Rapide comme l'éclair, Petit Taureau coupa la ligne avec son couteau, et se moqua du géant.

Furieux, le géant se coucha et se mit à boire l'eau du lac si vite que le canot fut attiré à lui. Petit Taureau ramassa son arc et visa avec soin. Il tira une flèche. Elle perça l'œil du géant et s'enfonça dans son crâne. La bouche du géant s'ouvrit sous le choc et l'eau se répandit : il était mort.

Petit Taureau et Fleur Sauvage arrivèrent à l'aube à l'île aux squelettes. Le squelette les félicita et leur demanda de recueillir tous les os sur l'île et de les déposer côte à côte en un même lieu. Il fallut plusieurs jours parce qu'il y en avait beaucoup. Quand ils eurent fini, le squelette leur demanda de dire : « peuple des morts, lève-toi ! »

Petit Taureau et Fleur Sauvage se prirent par la main, et dirent : « peuple des morts, lève-toi ! »

Miraculeusement, les os s'assemblèrent pour former des squelettes et de la chair humaine les recouvrit. Un groupe d'hommes se tenait devant eux, heureux et surpris de leur résurrection. Le squelette parlant était maintenant un bel homme appelé Aigle Blanc.

Il fallut effectuer de nombreuses traversées en canot pour vider l'île. Puis Petit Taureau et Fleur Sauvage coururent à la hutte de leur oncle. Quand il les vit, ses épaules se redressèrent et son visage s'illumina de joie. Sa famille, la dernière de sa tribu, était à nouveau réunie.

Avec leurs nouveaux amis, ils firent la fête toute la nuit et se racontèrent les épreuves qu'ils avaient subies.

Le lendemain matin, certains rentrèrent chez eux, mais beaucoup décidèrent de rester. Au bout de quelques semaines, un nouveau village était né.

La Mort est ma Marraine

Il y a longtemps, un fermier nommé Harold se trouva face à un dilemme : Marie, sa femme, venait de donner naissance à leur treizième enfant, un garçon appelé Alexis. Comme Harold et Marie étaient très pauvres, et avaient beaucoup d'enfants, ils ne trouvèrent personne qui acceptât d'être le parrain ou la marraine du bébé. De plus, beaucoup pensaient que le nombre treize portait malheur.

Harold jura de ne pas retourner à la maison tant qu'il n'aurait pas trouvé de candidat convenable pour son fils. Il quitta sa maison pleine d'enfants qui braillaient et une femme pas assez en forme pour sortir de son lit, et commença ses recherches… au café du village.

Tous les voisins de Harold connaissaient son embarras, et alors que beaucoup se sentaient obligés de lui offrir un verre pour le féliciter, personne ne voulait être le parrain du jeune Alexis. Vers minuit, Harold était très gai, mais n'avait toujours pas trouvé de parrain. La nuit était belle, il décida de faire une promenade dans le village à la recherche de gens trop polis pour refuser cet « honneur ».

Tandis qu'il titubait au carrefour situé au centre du village, il repéra une femme étrange : grande, maigre, et portant une cape à capuchon. Harold imaginait ses yeux brillant d'intelligence et d'esprit, mais s'il avait été sobre, il aurait remarqué la franchise effrayante de son regard.

« Madame, appela-il, et elle fit pivoter son visage pour le regarder correctement.

– Vous me voyez, répondit-elle.

– Aussi clairement que cette calèche ! dit-il en montrant une calèche noire.

Elle se mit à rire, et Harold crut entendre le glapissement d'un renard. – Eh bien, Monsieur-au-regard-perçant, que puis-je faire pour vous ? »

Harold lui fit part de son besoin, et la femme acquiesça. « Je prendrai soin d'Alexis. Mais d'abord je dois vous dire que je suis la Mort. »

Dans son état d'ébriété, Harold était incapable de comprendre ce que cela signifiait. La Mort le mit dans sa calèche, qui était tirée par quatre chevaux aux yeux rouges et conduite par une ombre portant un chapeau haut-de-forme et un manteau au col relevé.

Après une folle équipée, la voiture quitta la route et entra dans un tunnel. La Mort aida un Harold perplexe à sortir du véhicule et le conduisit au bas d'une pente raide. Il découvrit un spectacle merveilleux : une énorme caverne, éclairée uniquement par des millions de bougies de toutes tailles.

« Chaque bougie représente la vie d'une personne, déclara la Mort à Harold, qui écoutait les yeux écarquillés. Les plus grandes sont celles des nouveau-nés, comme votre Alexis. Les plus courtes représentent celles dont j'ôterai la vie très bientôt. » Les flammes des bougies dansaient et projetaient des scènes d'ombre de la vie des gens.

Harold ne put résister à la question : « Où est ma bougie ?

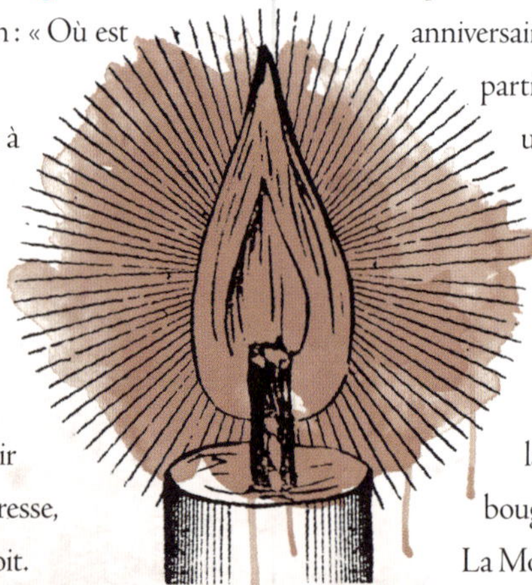

Sans commentaire, elle le conduisit à travers des rangées de flammes vacillantes et lui montra une bougie presque éteinte.

Ayant soudain retrouvé ses esprits, Harold s'écria : – Mais… ma femme, mes enfants ! Je ne peux pas mourir maintenant. S'il vous plaît, Maîtresse, allumez une nouvelle bougie à cet endroit.

Elle retira sa capuche, et Harold recula face à son regard pénétrant. – C'est impossible, dit-elle. Chaque personne a un temps imparti sur cette terre. Parfois, même les bébés naissent avec seulement une mince quantité de cire. Vous serez heureux de savoir que la bougie d'Alexis brûlera longtemps. Je vais l'allumer maintenant. »

Tandis qu'elle tournait le dos à Harold, il ramassa le plus gros cierge qu'il put trouver, l'alluma avec le reste de ce qui représentait sa vie et mit la grande bougie allumée à sa place.

La Mort alluma la mèche de la bougie d'Alexis, et sans se retourner, dit : « Harold, je serai aux côtés de votre fils et je lui apprendrai un métier, mais vous regretterez ce que vous avez fait. »

Elle lui saisit le coude d'une main glacée et l'escorta jusqu'à sa calèche. Lorsqu'ils arrivèrent à la maison de Harold, elle entra et tous les enfants se tinrent tranquilles. La Mort rencontra Marie et s'enquit de sa santé, et toutes deux parlèrent un long moment.

Le lendemain, la Mort tenait Alexis dans ses bras et acceptait la responsabilité d'être sa marraine, sous le regard nerveux de Harold.

Lorsqu'Alexis eut dix-huit ans, sa marraine vint à son anniversaire. Comme c'était le plus jeune, c'était un parti modeste, ses frères et sœurs ayant déjà un métier et une maison. Marie alluma une bougie sur un gâteau tout simple et la fit souffler à Alexis. Harold observait la scène avec une touche d'effroi. Cela lui rappelait trop la chambre souterraine de la Mort. Mais la Mort sourit, et lorsqu'Alexis souffla la bougie, tous applaudirent.

La Mort emmena Alexis en forêt et lui montra les herbes et les plantes qui y poussaient. Elle décrivit leurs propriétés médicinales, et l'informa que désormais, elles exprimeraient leurs propriétés lorsqu'il chercherait un remède.

Elle expliqua également : « Si tu me vois me tenir au pied du lit d'un patient, tu peux espérer trouver un remède si tes compétences suffisent. Si je me tiens cependant à la tête des malades, je suis là pour revendiquer une vie, et rien n'arrêtera ma main glacée. »

Alexis suivit les conseils de sa marraine et devint un guérisseur renommé. Il devint riche et acheta une grande maison. Ses parents emménagèrent avec lui, mais sa mère tomba malade peu de temps après. Un matin, Alexis était en train de soigner sa mère lorsque la Mort sa marraine apparut à la tête du lit de Marie. La Mort hocha la tête vers lui, et Alexis comprit qu'il ne pouvait plus rien faire pour sa mère.

Harold remarqua son fils lever les yeux et prendre un air grave, et il devina ce que cela présageait. Il se cramponna à Alexis et le supplia de sauver Marie, mais Alexis n'osait pas priver sa marraine de son dû. Ce soir-là, Marie entra au royaume de la Mort. Harold en voulut à Alexis, et plus le temps passait, moins ils se parlaient.

Harold devint frêle et faible, mais il était vivant. Il devait garder le lit, et regarder de sa fenêtre la vie qui continuait dehors.

Tard dans la nuit Alexis fut convoqué d'urgence : la fille unique du roi était gravement malade. Le roi avait déclaré que quiconque la guérirait obtiendrait sa main et monterait sur le trône.

Alexis laissa son père aux bons soins d'un serviteur de confiance et se précipita au chevet de la jeune fille malade. Quand il vit sa beauté et sa jeunesse, son désir de la guérir en fut décuplé. Le roi marchait dans la salle, désespéré. À l'instant où Alexis venait de prescrire le bon médicament, il entendit un froissement de jupes et vit surgir sa marraine. Elle marcha lentement vers la tête du lit de la princesse, et s'arrêta. La Mort regarda son filleul avec une expression résolue et terrible.

Alexis ne broncha pas.

Il murmura quelque chose au roi, qui lui lança un regard étrange, mais acquiesça. Quatre soldats reçurent l'ordre de se placer à chaque coin du lit. Sur un signal d'Alexis, ils empoignèrent le lit et le retournèrent de sorte que sa marraine la Mort se tînt aux pieds de la jeune fille. Alexis administra rapidement un remède à la princesse, les yeux de celle-ci s'ouvrirent immédiatement et elle s'assit.

Le roi et sa suite se regroupèrent autour de la jeune fille, ravis et pressés de l'entendre parler. Mais quand ils se retournèrent pour féliciter Alexis, ils ne le trouvèrent point.

Ayant transgressé l'ordre de sa marraine la Mort, celle-ci emmena sur-le-champ Alexis dans sa grotte de bougies.

« Tu as été formé pour soulager la douleur et permettre aux gens de mener une vie en bonne santé, gronda-t-elle. Je suis la seule à décider qui vit et qui meurt. On ne me contredit point. Elle montra une minuscule bougie avec une petite flamme mourante. C'était la bougie de la fille du roi. Je dois remplir mon devoir. »

Avant qu'Alexis ne pût plaider pour la vie de la jeune femme, la Mort se pencha en avant et étouffa la lumière entre son pouce et son index.

À cet instant, Alexis tomba mort.

On retrouva son cadavre dans la chambre à coucher de la princesse et on le renvoya à Harold, qui était malheureusement trop faible pour assister aux funérailles de son fils cadet. Il pleura et pria pour la Mort l'accueillît dans son domaine, mais sa bougie continuait de brûler dans sa caverne.

En guise de remerciement, le roi ordonna que Harold reçût les meilleurs soins. Pendant de nombreuses années, Harold resta couché dans son lit, diminuant lentement, en regardant ses enfants et petits-enfants mourir avant lui. Un matin, la Mort vint à son chevet.

« Allez-vous me prendre maintenant ? » demanda-t-il haletant.

En guise de réponse, elle posa ses doigts glacés sur ses paupières et les ferma.

Il entendit le couinement d'un nouveau-né, et ouvrit les yeux dans la lumière aveuglante.

Les Sept Corbeaux

Il était une fois un couple qui avait sept fils, et bien que les aimant beaucoup, les parents désiraient avoir une fille. Un jour, en menant le bétail au champ, le mari trouva un anneau de cuivre parmi des champignons et il décida qu'il lui porterait chance. En le tenant dans sa paume, il fit le vœu d'avoir une fille, puis donna la bague à sa femme, en lui disant qu'elle était ensorcelée.

Peu de temps après, sa femme tomba enceinte et toute la maisonnée attendit l'arrivée de l'enfant avec beaucoup d'enthousiasme. Pour le plaisir de tous, une petite fille naquit, mais le travail avait long et difficile, et la petite fille, qu'ils nommèrent Anna, était souffrante. La maison devint inhabituellement calme : les garçons parlaient tous à voix basse, traînant autour de la maison, en espérant qu'Anna irait mieux. Tous voulaient faire quelque chose pour aider.

Enfin, leur père décida de leur trouver une occupation afin de ne plus les avoir dans les pattes. Il réunit tous ses garçons. Il chargea les plus âgés de remplir le pichet en étain avec l'eau du ruisseau qui traversait le champ dans lequel il avait découvert l'anneau. Il expliqua à ses fils que cette eau, à laquelle il attribuait des vertus médicinales, pourrait sauver leur sœur.

Tous les garçons se bousculèrent pour y aller, créant beaucoup de bruit et d'agitation. Afin de les mettre tous d'accord, leur père leur demanda d'accomplir cette mission ensemble. Les garçons coururent vers la rivière, chacun voulant être celui qui permettrait de sauver leur sœur. Mais ils se disputèrent pour savoir qui puiserait l'eau. Ils se mirent à vouloir attraper la cruche tous en même temps. Une bagarre éclata, et dans la lutte, le pichet tomba dans la rivière.

Les garçons se turent un moment. Leurs parents n'avaient pas beaucoup d'argent et le pichet était le préféré de leur père. Ils se disputèrent alors pour savoir qui était le coupable, avant de se décider à rentrer chez eux et rendre compte de leur échec à leur père. Ils n'avaient rien d'autre pour transporter l'eau à la maison. Il commençait à être tard, et le père des garçons s'impatientait. Il s'occupait de sa femme, qui était encore fatiguée de l'accouchement, et veillait sur sa petite fille fragile. Il pensa que les garçons étaient en train de jouer au lieu de remplir la mission simple qu'il leur avait confiée.

Il décida de placer la bague sous l'oreiller d'Anna, espérant que cela la guérirait. Alors qu'il la tenait dans sa main, il regarda par la fenêtre et vit des corbeaux tourner dans le ciel. Il fronça les sourcils, et saisit l'anneau. « Si seulement mes imbéciles de fils pouvaient tous être transformés en corbeaux ! » déclara-t-il.

À ce moment, on entendit des battements d'ailes, et sept corbeaux noirs se mirent à voler devant la fenêtre.

Les garçons ne rentrèrent jamais chez eux. Le mari et la femme étaient désemparés, mais pendant les longs mois de recherches vaines, leur petite fille fut un réconfort pour eux. Anna guérit et grandit en pensant qu'elle était fille unique, car ses parents prirent soin de ne jamais lui parler de ses frères. Dès son plus jeune âge, Anna eut un caractère farouchement indépendant, avec une tendance à partir à la découverte de tout ce qui lui passait par la tête. Ses parents étaient excessivement protecteurs, essayant sans cesse de la surveiller et de la protéger de tout. Cette attitude aurait rendu certains enfants craintifs, mais Anna n'en devint que plus déterminée à découvrir ce qui lui manquait.

Elle apprit quand il fallait être calme et attentif pour saisir toutes les occasions de s'enfuir, comment forcer une serrure, et la meilleure façon de grimper aux arbres et à la corde. Parmi les enfants du voisinage, tout le monde savait qu'elle était la meilleure personne sur qui compter pour faire des bêtises ou se tirer d'un mauvais pas.

Un jour, alors qu'Anna était beaucoup plus grande, elle se disputait avec sa meilleure amie, quand celle-ci laissa échapper : « Pourquoi devrais-je t'écouter ? Tu as éloigné tes sept frères quand tu es née ! »

Elle voyagea un peu partout, mais ne trouva aucune trace de ses frères.

Anna interrogea ses parents. Ils avouèrent que ses frères avaient été portés disparus depuis le jour où ils étaient partis chercher de l'eau pour la guérir. Ils lui assurèrent que ce n'était pas sa faute, mais Anna ne pouvait se débarrasser de l'idée qu'elle était responsable de leur disparition. Elle décida de parcourir le monde à leur recherche, jurant de ne se reposer qu'une fois sa famille réunie.

Elle connaissait l'histoire de l'anneau magique, et savait que ses parents n'avaient jamais osé le porter et l'utiliser. Elle se donna pour mission de le retrouver. Lorsqu'elle fut seule dans la maison, Anna se mit en quête de l'anneau, et au bout de plusieurs semaines, elle le découvrit sous une dalle décollée dans le sol. Elle le mit dans sa poche.

Anna emporta de la nourriture et ce qu'elle possédait, laissa une lettre à ses parents et partit à la recherche de ses frères. Elle voyagea un peu partout, mais ne trouva aucune trace de ses frères. Enfin, elle consulta un devin qui lui dit d'aller vers le Soleil, la Lune, les étoiles, car ces observateurs silencieux savaient certainement ce qui était arrivé à ses frères. Anna partit vers l'ouest, traversa un désert brûlé, pour se rendre dans le domaine du Soleil. Lorsqu'elle arriva dans son royaume, le Soleil rayonna avec tant de fureur et de chaleur qu'Anna fut obligée de fuir avant qu'il ne la détruisît.

Anna partit ensuite vers l'est au royaume de la Lune. Elle marcha à travers un paysage stérile et glacé, plongé dans l'obscurité. Dans le Temple de la Lune, Anna découvrit que la reine de glace était hautaine et méprisante, refusant de divulguer toute information à propos des frères d'Anna. La jeune fille utilisa toutes ses ruses pour échapper à l'influence de la Lune, et jeta son dévolu vers le nord, la terre des étoiles.

Anna voyagea en mer à bord d'un navire. Après avoir supporté des semaines de hautes vagues et le goût de l'eau salée, elle arriva sur le rivage des étoiles.

Chaque astre trônait dans son firmament, scintillant de mille feux. Les étoiles accueillirent Anna, qui se reposa parmi elles, écoutant les histoires qu'elles aimaient raconter. Enfin, la glorieuse Étoile du Matin arriva et s'assit sur son trône. Elle dit à Anna que ses frères avaient été ensorcelés et transformés en corbeaux, mais que chaque soir, ils se rendaient en haut d'une montagne de verre et se changeaient en hommes pour partager un repas ensemble. À l'aube, ils redevenaient des corbeaux. « Pour rompre le charme, découvre leur demeure, et partage leur repas et leurs boissons avant qu'ils n'y touchent. »

L'étoile du matin donna également à Anna une cuisse de poulet, car la porte de la montagne ne s'ouvrirait pas sans une clé de chair. À contrecœur, Anna prit congé des étoiles et traversa la mer en sens inverse. Pendant de nombreuses années, elle rechercha la montagne de verre, car celle-ci changeait régulièrement d'emplacement. Enfin, vers le sud, elle aperçut quelque chose et s'y dirigea.

Elle trouva la montagne étincelante en fin d'après-midi, et se tint devant elle, se cachant les yeux, heureuse d'être si près de son but. Elle fouilla dans son sac et réalisa avec horreur que lors de ses aventures, elle avait perdu la cuisse de poulet. Anna n'avait pas de clé permettant d'ouvrir la porte. Elle ne pouvait pas risquer d'attendre, au cas où la

montagne se déplacerait de nouveau. Rassemblant son courage, Anna tira son couteau et se coupa le petit doigt de la main gauche. En pleurs, elle attacha le moignon saignant avec une ficelle et inséra son doigt coupé dans la serrure. La porte s'ouvrit. Elle marcha à travers un tunnel et parvint à un dédale de pièces. Ouvrant une porte, elle découvrit une cuisine, avec à l'intérieur un petit homme en train de préparer un repas. Il ne sembla pas perturbé par son apparition soudaine, mais lui demanda ce qu'elle voulait.

« Je suis à la recherche de mes sept frères, qui ont la forme de corbeaux le jour, lui dit-elle.

– Les Seigneurs Corbeaux ne sont pas à la maison pour l'heure, répondit-il, mais vous pouvez les attendre dans leur salle à manger. Je suis en train de faire le repas. »

Anna suivit l'homme dans une pièce, où une table était dressée avec sept assiettes et sept coupes. Après avoir posé la nourriture, il sortit. Anna goûta à chaque assiette et but à chaque coupe le plus rapidement possible. Tandis qu'elle venait de terminer, Anna entendit des bruissements d'ailes, suivis par des voix d'hommes. Elle laissa tomber l'anneau de cuivre dans la dernière coupe et se cacha dans une armoire pour regarder. Les sept frères entrèrent dans la salle, bavardant entre eux, et se mirent à la table. Ils remarquèrent tout de suite qu'on avait goûté à leurs repas et demandèrent à voix haute si un nouveau sort leur avait été jeté. Mais le plus jeune vit la bague dans sa coupe et la montra aux autres.

« C'est l'anneau magique, s'écrièrent-ils. Notre sœur a-t-elle rompu le mauvais sort ? »

À ces mots, Anna sortit de l'armoire et sauta dans les bras de ses frères. Pendant longtemps, ils se racontèrent leurs aventures. Mais la meilleure de toutes fut la dernière : quand le soleil se leva, ils gardèrent leur forme humaine.

Leur exil était terminé. Anna et ses frères se mirent en route pour retrouver leur maison le cœur joyeux.

La Punition du Yogi

Dans l'antique ville de Rahmatabad en Perse, vivait un riche rajah préoccupé par le fait de n'avoir jamais eu de fils. Son unique enfant, la princesse Rashmi, était le joyau de son cœur. Elle était non seulement belle, mais elle était aussi très douée en cithare. On racontait qu'elle était capable de charmer les oiseaux et les bêtes sauvages qui l'entendaient chanter et jouer de la musique. En fait, elle aimait la nature, et adoptait toujours des animaux orphelins ou blessés. Au palais, ses appartements étaient surnommés « la ménagerie de Rashmi ».

Parmi ses animaux de compagnie, Rashmi aimait par-dessus tout son petit singe Vira, qui avait un petit visage noir et une fourrure grise. Il était si habile que de nombreuses personnes disaient qu'il devait être un disciple du grand dieu singe Hanuman. Il était toujours aux côtés de Rashmi, et semblait comprendre chacun de ses mots.

Lorsque Rashmi était encore une enfant, son père la fiança au fils du rajah de Dilaram, qui était désormais un jeune homme, le prince Narendra. Selon la coutume, ils ne s'étaient jamais rencontrés, mais avaient échangé leurs portraits. Comme le temps passait, Rashmi devint curieuse de connaître son fiancé, et un jour elle envoya Vira au palais de Narendra lui porter un message. Au cours des années qui suivirent, le singe faisait souvent la navette entre les deux palais, le couple échangeant des courriers et de petits bibelots.

Comme Rashmi grandissait, son père se rendit compte qu'elle allait inévitablement se marier et le quitter, ce qui l'angoissa terriblement. Il devint plus pieux, jeûnant, priant, et observant tous les jours de fête dans l'espoir que lui et sa femme eussent un autre enfant. Un jour, ayant eu ouï dire d'un saint homme d'une immense sagesse, le rajah décida de le rencontrer.

Le yogi Amrit était assis tous les jours sous un arbre dans les faubourgs de Rahmatabad, indifférent au soleil de plomb comme à la pluie battante. Il mangeait avec parcimonie et parlait rarement. Il était vêtu de tenues couleur safran, regardait droit devant lui, et faisait tinter les perles de son chapelet entre ses doigts.

Lorsque le rajah lui rendit visite, le yogi lui accorda

toute son attention, et assura son important visiteur qu'en effectuant les bonnes dévotions, il pourrait avoir un autre enfant. Le rajah alla consulter le yogi de plus en plus souvent. Quelques semaines plus tard, le yogi lui fit part de son intention de déménager dans une autre ville. À l'instant même, le rajah proposa au yogi de lui bâtir un sanctuaire permanent, avec des appartements supplémentaires pour lui et ses disciples, et une cour fermée. Après de nombreuses protestations, le yogi Amrit accepta, et le rajah lui fit construire une magnifique maison à côté de son palais.

Ayant beaucoup entendu parler du yogi, Rashmi harcelait son père pour le rencontrer. Mais le rajah refusait, expliquant que le yogi était trop occupé. Rashmi avait remarqué que son père passait moins de temps avec elle, et faisait tout ce que le yogi lui conseillait. Elle décida d'aller voir le grand homme elle-même.

Rashmi n'avait jamais été autorisée à sortir des jardins du palais sans ses gardes. Aussi se déguisa-t-elle en servante et se voila le visage. Pour distraire les gardes, elle demanda à Vira de leur jeter des noix de l'un des arbres qui surplombaient les murs du palais. Elle put ainsi franchir les portes sans être reconnue, tandis que les gardes maudissaient Vira qui sautait de haut en bas de l'arbre.

Rashmi s'assit à l'extérieur de la nouvelle maison du yogi avec d'autres dévots, attendant que ses disciples sortissent pour désigner ceux qui seraient autorisés pour une audience particulière. Elle remarqua que les personnes les mieux vêtues ou les jolies filles avaient toujours la préférence. Elle baissa un peu son voile et l'un des disciples lui frappa le bras pour lui signifier qu'elle faisait partie des heureux élus.

Au bout d'un moment, elle fut reçue en audience privée. Le yogi lui offrit de l'eau, et comme il faisait exceptionnellement chaud, Rashmi accepta de boire une coupe. Mais lorsqu'elle baissa son voile pour boire, elle remarqua son changement d'expression.

« Vous êtes une femme extrêmement séduisante, dit-il en venant s'asseoir à côté d'elle. Je me sens l'envie de vous bénir. » Il lui prit la main.

N'ayant pas l'habitude qu'on la touchât, Rashmi se défit de son emprise et se leva d'un bond. « Je ne vous donne pas la permission de me toucher, dit-elle.

Il la fixa avec un regard terrible, et Rashmi comprit tout de suite que c'était un homme dangereux qui n'avait pas l'habitude d'être contredit.

– Petite idiote, dit-il, fais ce que je dis ou les conséquences seront terribles.

Les yeux de Rashmi lançaient des éclairs de fureur.

– Je suis la princesse Rashmi, et c'est vous qui allez me payer votre manque de respect.

Le yogi se mit à rire, il attrapa la princesse et la tira vers lui.

– Un mot de moi peut faire tomber même les plus puissants. » Il essaya de l'embrasser.

Rashmi le gifla et courut vers la porte de la cour

carrée. Le yogi la poursuivit, mais Rashmi, qui était jeune et rapide, escalada le mur au moment où il atteignait le jardin. Il ramassa la lance d'un de ses disciples et visa la princesse. Cela lui trancha le mollet, laissant une longue blessure. Rashmi étouffa ses cris et sauta du mur. Elle heurta le sol dur, marcha jusqu'au palais en boitant, vérifiant prudemment qu'elle ne fût pas suivie par le yogi ou ses disciples.

Chez elle, Rashmi lava et pansa sa blessure tout en réfléchissant à ce qu'elle devait faire. De son côté, le yogi était déjà en train d'élaborer un plan.

Ce soir-là, le rajah vint rendre visite au yogi, mais celui-ci refusa de parler. Il faisait tinter les perles de son chapelet et ne dit rien jusqu'à ce que le rajah lui-même ne lui fit part de ses préoccupations.

« J'ai de mauvaises nouvelles, dit enfin le yogi. Il y a une créature qui vit parmi nous et qui peut semer la destruction sur Rahmatabad.

Le rajah recula de surprise. — Quelle est cette chose, et comment pouvons-nous la détruire ?

Le yogi avait une expression solennelle. — Elle a la forme d'une belle femme, mais c'est en fait un mauvais esprit. Grâce à ma formation, je l'ai reconnue. Ses yeux sont comme des charbons ardents, sa bouche est pleine de crocs et elle a des griffes au bout des doigts. Elle a failli me dévorer, mais mes pouvoirs sont immenses. Je l'ai blessée avant qu'elle ne s'enfuie. »

Les yeux du rajah se creusèrent d'horreur tout au long du récit du yogi, car c'était un homme superstitieux.

— Comment un homme normal peut-il la reconnaître ? Aidez-moi et je ferai tout ce que vous demandez.

— C'est une jolie femme vierge, qui a reçu un coup de lance à la jambe. Une fois que vous l'aurez découverte, emprisonnez-la. Je sais comment l'affronter. »

Profondément troublé à l'idée qu'un démon vécût parmi eux, le rajah ordonna à ses soldats de rechercher toutes les jeunes femmes de la ville. Au bout de deux jours, le démon n'avait toujours pas été trouvé. Un des disciples du yogi rappela alors au capitaine que les appartements royaux n'avaient pas été fouillés.

La plaie de la princesse fut découverte, au grand choc de son père. Rashmi fut confinée dans son appartement, mais le rajah était certain que c'était une erreur, et il se hâta d'en informer le yogi.

Le yogi laissa parler le rajah, et d'une voix calme et assurée, l'informa que sa fille avait été enlevée lorsqu'elle était enfant et substituée par un mauvais esprit. Il parla de ses pouvoirs vocaux exceptionnels et de sa capacité à contrôler les animaux. Il dit enfin au rajah que sa présence démoniaque l'empêchait d'avoir d'autres enfants.

Le yogi était si persuasif, et son argumentation si convaincante, que le rajah finit par le croire. Il autorisa le yogi à faire face à Rashmi comme il l'entendait.

Le yogi fit venir en secret deux menuisiers chez lui, et leur commanda un coffre parfaitement hermétique.

Rashmi avait envoyé Vira pour espionner ce qui se passait. Elle ne comprit pas toutes les mimiques et tous les hurlements du singe, mais elle savait que le danger était imminent. Elle écrivit une lettre au prince Narendra, puis chargea Vira d'aller porter le courrier à son fiancé au cas où il lui arriverait malheur.

Les soldats firent irruption dans sa chambre, et l'emmenèrent de force. Son père resta dans ses appartements à prier, essayant de faire semblant de ne pas entendre les cris de sa fille bien-aimée.

Rashmi fut poussée à l'intérieur du coffre et des chevilles de bois spéciales furent utilisées pour sceller la fermeture. Le coffre fut jeté dans la rivière, au gré du courant. Après avoir été témoin du sort de sa maîtresse, Vira courut sur les toits et se balança d'arbre en arbre, jusqu'à parvenir chez le prince Narendra. Après avoir lu la lettre, le prince sella son cheval et partit au galop avec ses soldats, guidé par le petit singe.

Ils repérèrent rapidement le coffre avec l'aide de Vira. Narendra plongea dans l'eau sans hésiter, suivis de ses soldats. Ils remontèrent le coffre et l'ouvrirent. Rashmi était au bord de l'asphyxie et était terrifiée d'avoir été enfermée dans un si petit espace. Mais pour la première fois, elle découvrait Narendra.

Il la mit sur son cheval et l'emmena dans son palais où sa famille la traita comme sa fille. Le lendemain matin, au petit-déjeuner, ils discutèrent de la marche à suivre. Vira se tenait à la place d'honneur à côté de Rashmi.

« J'ai entendu dire que vous avez capturé un tigre récemment, dit Rashmi au père de Narendra. Enfermez-le dans le coffre, et jetez-le dans la rivière. Je crois que le yogi n'en a pas fini avec moi. »

Ils firent ce qu'elle avait dit. Le yogi avait en effet raconté à deux de ses disciples qu'il avait fait un rêve prophétique, et leur ordonna de rechercher en aval de la rivière, un coffre magique qui flottait.

Lorsque les disciples repérèrent la caisse qui tournait dans l'eau, ils furent une nouvelle fois émerveillés par la prescience de leur gourou. Ils la sortirent de la rivière, la placèrent dans une charrette, et la ramenèrent au yogi.

Lorsqu'on lui livra le coffre, le yogi ordonna à ses disciples de quitter la salle, et de n'entrer sous aucun prétexte, fussent des cris.

Le yogi sourit et prit un foulard de soie, prêt à étrangler la princesse. Il souleva le couvercle. Le tigre furieux en sortit. Ses grosses pattes frappèrent le yogi et lui déchirèrent la poitrine. L'odeur du sang déchaîna le fauve et il arracha la tête du yogi d'un coup de mâchoires.

À l'extérieur, les disciples du yogi tremblaient en entendant les grognements et les cris qui s'élevaient de la chambre de leur maître. Ils imaginaient celui-ci en train de soumettre un démon, et attendirent des heures avant d'oser ouvrir la porte. Lorsqu'ils entrèrent dans la chambre, le tigre bondit devant eux et courut se mettre en sécurité dans la forêt. Pétrifiés par l'apparition soudaine du fauve, les disciples passèrent prudemment la tête derrière la porte.

Le coffre fut jeté dans la rivière, au gré du courant.

Le corps du yogi gisait au sol avec le foulard ensanglanté.

Lorsque le rajah apprit la supercherie du yogi et découvrit que sa fille avait survécu, il fut sidéré par l'horreur de son échec. Chaque nuit, il était en proie à la vision d'un tigre vengeur venu le traquer, et chaque matin il se réveillait en constatant l'absence de sa fille. Il fit détruire le sanctuaire du yogi et ériger à sa place une statue de la déesse Durga, chevauchant son tigre pour combattre les démons de l'illusion.

Rashmi apprit la nouvelle de la mort du yogi le jour de son mariage.

« C'est de loin mon plus beau cadeau », dit-elle, et elle fêta sa nouvelle vie jusque tard dans la nuit.